ALFRED RUSSEL WALLACE

—— 華萊士 ——

一個科學與人文的先行者

出版紀念華萊士逝世百年科普書

目錄

第三篇 襲產的庇蔭與傳承

國立臺灣博物館館長序

長久以來，西方世界普遍相信萬物是由造物者所創造，直到百餘年以前的華萊士(Alfred R. Wallace, 1823-1913) 與達爾文 (Charles Robert Darwin, 1809-1882) 兩位英國博物學家的出現，才扭轉了人們對於生命從何而來的認知。達爾文乘著小獵犬號遊歷加拉巴哥群島；而華萊士則旅居馬來群島，他們隔著半個地球，於當地多樣性的生物調查中，為我們理清了脈絡、點醒了我們生物之間是存在著關聯、演變與差異，為現代生物演化論奠下重要基石。

無獨有偶地，英國駐臺領事斯文豪 (Robert Swinhoe, 1836-1877) 帶著博物學家的眼光來到臺灣，在臺灣島各地採集標本進行生物型態研究，使許多臺灣獨特的物種得以於世界初露光芒，直至今日仍有三分之一的臺灣鳥類物種由其所鑑定，為一百五十年前的臺灣生命樣貌留下極其珍貴的紀錄。這樣的精神延續到了日據時期，一群勤奮的日本學者，繼承著兩位博物學家的精神與學理基礎，深入臺灣山林；他們不畏熱病、毒蛇與被原住民的出草風險出入蠻荒、踏查山林，留下許多豐碩的動物、植物、地質與人類標本及研究成果，奠定國立臺灣博物館作為臺灣首座的自然史博物館的基礎與命脈。

今逢華萊士逝世百年，全球各地舉行並串聯「Wallace 100」活動，以展覽、研討會等具體行動紀念這位偉大的英國博物學家。謹以此書紀念這位偉大先賢。「哲人日已遠，典型在夙昔。」回顧華萊士一生的經歷、研究與奮鬥，其科學、社會學上的成就，總讓人傾慕與深思。盼藉由這本科普書引領我們思考，並重新認識這位與達爾文齊名的博物學家。最後代表國立臺灣博物館感謝社團法人亞熱帶生態學學會與參與撰文的學者專家以及英國文化協會，使本書能夠順利集成，謹此表達誠摯的敬意與謝忱。

社團法人亞熱帶生態學學會理事長序

這本書是描寫一代大師的生平事蹟和他對後世的影響。所謂大師是那個時代、那個領域裡最傑出的人物之一；在那個時代——十九世紀，那個領域——博物學裡最傑出的代表人物應是華萊士和達爾文。而當時能孕育出偉大的博物學家，一點也不偶然，就像大唐盛世孕育出李白、杜甫這樣傑出的詩人一樣。可是我們認識達爾文的遠比認識華萊士的多得多，甚至我們還會在達爾文的《物種起源》中譯本裡看到譯者對華萊士的批判：

「英國博物學家，曾在馬來群島各地旅行，進行生物區系的比較研究。一八五八年獨立提出自然選擇學說，與達爾文的進化學說論文同時在林奈學會宣讀。但他後來墮落為一個降神術的虔誠信奉者，一個唯靈論者，竟然認為人類是上帝創造的。」

這或許就是上一代的人只認得達爾文的成就，而忽略華萊士的貢獻的原因吧！

二〇〇八年，全世界都在記念達爾文，國家地理雜誌為達爾文剪輯了一系列節目，電台訪問學者談達爾文，生物學家也都撰文寫達爾文，輯成一本《達爾文200》的小書，書裡竟出現一篇胡哲明老師寫的「演化論被遺忘的推手——華萊士」，他告訴我他對寫華萊士這個「怪咖」比寫達爾文這位偉人有興趣多了，我就把他的話記在心裡。

二〇一〇年在台中辦了一個「高山生物地理國際研討會暨鹿野忠雄發表雪山動物地理研究論文七〇周年紀念研討會」，林良恭老師把鹿野忠雄和華萊士的志業牽連到一起，津津樂道了半個小時，我也都聽了進去。

到了二〇一三年，國際珍古德保育協會的理事長金恆鑣老師和我說起今年是華萊士辭世一百周年，「我們得把他的事蹟報導給國人，給他尊敬，還他榮崇，也讓我們多增長一點見識」，我們是這樣想的。第二天他就把十幾本參考書目寄進我的信箱裡，接著發生的事真的是又自然、又愉快的經驗，我向老師們邀稿時，一說到華萊士三個字，就各個奮勇爭先，選題動筆，暑假一過，紛紛完卷。

這本書的書名是《華萊士——一個科學與人文的先行者》，是金老師敲定的。這本書由緒論起始到餘續終結，共收錄了十二篇與華萊士、生物地理和演化有關的科普專文，希望它能幫您多認識一下這一位博物學大師對人類文明的偉大貢獻。

我們深深感謝參與寫作的每一位作者，有這麼多人喜歡寫科普，真像是看到了燈塔與光照。

因為華萊士是一位偉大的博物學家，我們紀念他的文字就該由最莊嚴、最正統的博物館來出版。我們特別感謝國立台灣博物館的同仁對這本書的付出和貢獻。

（圖片來源：A. R. Wallace Memorial Fund & G.W. Beccaloni）

第一篇

科學界的恆星

華萊士—不朽的科學與人文思想家

—金恆鑣

西元二〇〇〇年四月十五日，英國多雷塞特郡 (Doreset county) 霪雨紛紛、寒風颯颯。華萊士與達爾文兩人的後代及許多學者、名人，共有八十多位聚集在布羅德斯通 (Broadstone) 墓園，出席了類似我國習俗的掃墓儀式，那是阿爾弗雷德．拉塞爾．華萊士 (Alfred Russel Wallace) 墓地重新修茸完成的揭幕典禮。紀念華萊士在博物學、演化論學、地理學、人類學、社會學的偉大成就。華萊士被譽為是英國十九世紀最偉大的科學家之一。

百年歲月，萬里遊蹤

一八五八年七月一日，備受學者重視的倫敦林奈學會年會中，華萊士與達爾文連署發表了影響極為深遠的「天擇論」（後稱「演化論」），為這個地球的新物種形成提供了理論基礎。極負盛名的演化生物學家特奧多修斯・杜布讓斯基 (Theodosius Dobzhansky, 1900-1975) 評論「演化論」的名言是「唯獨依據演化論才能理解生物學

(Nothing in Biology Makes Sense Except in the Light of Evolution)」。這句話的意涵是「生物學所講的一切，必要從演化的角度來看才說得通」。可見演化論在生命科學上的重要性。

華萊士是如何從一個一文不名、早年失學的鐘錶匠學徒與跑現場的土地測量員，變成全球性的大科學家與人文關懷大師，實在令人好奇與敬仰。誰也沒有料到這位年僅三十五歲，藉藉無名且浪跡天涯，到偏遠的蠻荒地區度過了十二年熱帶雨林生活的年輕人，竟然可躋入十九世紀的第一流生物學理論家之列。

華萊士無人能及的另一個見解是在馬來群島間劃出一條所謂的「華萊士線」，並發展出「動物地理學」的新科學概念。

華萊士雖未完成中學教育，不過終身榮譽無數。他曾獲得牛津大學與都柏林大學的榮譽博士學位，與極多的其他學術榮銜（如皇家學會的院士）及英國女皇的功績勳章，但他均未將這些放在心上；憑著一貫的謙虛，他表現在學術與社會地位上的成就可稱為劃時代的、最偉大的科學思想家之一。

他在馬來群島之採集、探險與研究之旅，行兩萬三千五百三十公里路，採集十二萬五千六百份標本，其中有上千種是新種。他返英後於一八六九年出版的《馬來群島自然考察記：紅毛猩猩與天堂鳥的原鄉》(*The Malay Archipelago: The Land of Orang-utan and the Bird of Paradise*, 1869)，到一百四十多年後的今天還是書店架上的長銷書，被譽為「一本最佳科學旅行之書」。

今（二〇一三）年是阿爾弗雷德・拉塞爾・華萊士辭世百週年，我們不只是要紀念他對生物學的貢獻，還要效法他在追求真理的努力，更要學習他關懷人文的偉大情操。

出身背景與童年生活（一八二三—一八三六）：無憂無慮與家庭溫馨，養成閱讀習慣

華萊士誕生於一八二三年元月八日的阿斯克河 (Usk river) 畔的小屋（圖 1）。那個小鎮就叫阿斯克，是隸屬於格溫特郡 (Gwent)。兄弟姊妹中他排行第八，親戚不多。父親是單傳（一個伯伯出生三個月大時就夭折）。他生平未曾見過祖父母。他的兄弟姊妹有九人之多，不過活到成人的僅六人，六人中壯年病逝的又有一半，因此他對生命之無常早有體悟。

華萊士的父親叫湯姆士(Thomas, 1772-1843)，原居倫敦，學過法律，但從未執業過。湯姆士喜歡田園生活，家裡的菜蔬與水果全是他種出來的；且因當時家中略有儲蓄，不必外出謀生，因此在年幼的華萊士眼中，他的爸爸似乎有點遊手好閒地在過日子。但隨著子女相繼長大，經濟日漸拮据，加上投資出版雜誌失利，最後不得不從大都會倫敦搬到阿斯克這鄉下小城，之後又搬了數次家，也是為了減少開支。住在鄉下小城，讓生性樂觀及隨遇而安的華萊士更能盡情地接觸自然，因而留下許多愉快的童年回憶。

圖 1 華萊士出生地，阿斯克，約攝於 1900 年
（圖片來源：A. R. Wallace Memorial Fund & G.W. Beccaloni）

他記得小時候常坐在媽媽瑪莉 (Mary, 1792-1868) 的膝上，有時是坐在小凳子上，聽媽媽說故事或唸故事給他聽，這些故事從小就烙在他的腦海裡。他自小就喜歡動手做實驗，來證實他的一些想法。他記得一個《伊索寓言》的故事，有一段是說一隻口渴的狐狸看到一個陶罐裡有一點水，可是陶罐開口太小，狐狸的嘴太大，喝不到罐底的水。於是狐狸放進去許多小石子，讓陶罐裡的水上升到罐口，終於解了狐狸的渴。華萊士聽了這故事後覺得很神奇，但是想不通其中道理。於是他也依樣畫葫蘆，而試驗結果卻完全失敗，水升不到瓶口。這讓他以後不太相信故事書裡的話。

當時，華萊士家後面有條河，他常常與兩個姊姊到河堤上生火烤馬鈴薯，撈魚回家加菜。華萊士在一九〇五年出版的自傳中曾提到：「這些童年趣事歷歷在目，但是對哥哥與姊姊的記憶卻相當模糊」。因為待在戶外的時間很長，自然景致中的一木一石、道路、河流、樹林等，翔翔實實地留在腦海裡，或許便是日後他對自然總有一份親切與關心的原因。

一八二六年，華萊士才三歲，住在赫特福德 (Hertford) 的祖母過逝。全家便搬到赫特福德住了約八年。華萊士在那裡完成了小學教育。他最喜歡的課程是地理學，世界地圖讓他相當著迷。這段童年他與大他五歲的二哥約翰 (John, 1818-1895) 玩在一起，是華萊士記憶中一生最美好的日子；他的父親在庭院種菜、管理果樹，在酒房釀酒。在之後動盪漂泊的生活中，華萊士時常憶起這一段充滿家庭歡樂的時光。不幸的，他的姊姊伊莉莎 (Eliza, 1810-1832) 於一八三二年病逝，年僅九歲的他也感到傷心難過；不料過了一年，他父親的投資失利，全家的生計頓時真正陷入窘境。他的大哥威廉 (William, 1809-1845) 與二哥約翰均已長大，也因此相繼離家外出謀生。大哥去倫敦學習測量，二哥也在倫敦走入建築業。三姊芬妮 (Fanny, 1812-1893) 天生聰慧且具藝術天賦，後來也離家到法國留學。最後，華萊士也跟著離家謀生，只剩小弟赫伯特 (Hebert, 1829-1851) 留在赫特福德的家裡（圖 2）。

華萊士在赫特福德的八年，除了到野外玩耍之外，也養成了閱讀的習慣，當時的他已讀了許多書，並具備書寫流利英文的能力。他的父親是流動圖書館俱樂部的會員，亦喜歡閱讀，常到當地的圖書館借書，因此家裡總有許多有關旅行遊記或名人傳記的書；而當小孩就寢時，他也會唸一段書給子女們聽。華萊士記得有一次他父親借到一本鮑德勒 (Bowdler) 版本的《莎士比亞》新書，全家便聚在一起，由他的父親唸一段劇給他們聽；他父親也寫作、寫詩。而在這種環境的薰陶下，華萊士年輕時已讀過許多古典名著，他的文學已有相當的根底。這段時期可能奠定了他能駕馭文字，用淺顯的文字清楚表達複雜思想的能力。而在眾多讀物中，華萊士對旅遊書最為著迷，在十四歲前已領略到「生命是一趟旅行，旅行是一連串的冒險」。

一八三二年，霍亂流行到赫特福德，加上家裡的經濟越來越差，他只好在十四歲時輟學，離家到倫敦投靠十九歲的二哥約翰學藝了。

圖 2 華萊士與母親、三姊之合影，約攝於 1850 年代

（圖片來源：A. R. Wallace Memorial Fund & G.W. Beccaloni）

踏入社會（一八三七年—一八四七年）：學習工藝，勤於自修與廣泛閱讀，觀察自然

在倫敦時，除了打工賺錢，其他時間裡華萊士常以看書或是聽演講打發日子。這時候他正式接觸到下階層的成人世界。每天入耳的是滿口粗話，看到的是粗魯的動作。華萊士目睹了與勞工的辛苦不相襯的微薄收入、子女疏於管教而無法成器，因此終身貧困等現象。自從他聽了社會學家羅伯特．歐文 (Robert Owen) 的社會正義與照顧貧民的「人道主義」演講後，心中便埋下了為平民奮鬥的種子。

過一年他又去投靠大哥威廉。此後六年半時間跟隨長兄威廉從事土地測量的工作，培養使用科技方法處理問題。十六歲時他到大哥的朋友威廉．馬修斯 (William Matthews) 處，學理修理鐘錶與珠寶。因為從事測量工作，讓他對地景之學有更深入的認識。在測量工作中他目睹地主欺壓佃農。這些由有錢有地有勢的人所制定的法律，罔顧「人人有使用土地」的基本人權，這對他日後所提出之「土地國有化」想法，有著極大的啟發與影響。

此時，他勤於自習測量學、繪圖法、機械學、數學、建築與設計、農業化學等學問，對博物學（尤其是植物學、地質學、天文學）也深感興趣。

當時工業革命之風正熾，全英成立許多機械學院，鄰近的京斯頓機械學院 (the Kingston Mechanics Institute) 於一八四一年成立。當時年僅十八歲的華萊士洋洋灑灑地

寫了五頁的文章，提出自己對管理此學院的最佳策略，並羅列名著與學刊之名，建議該學院要購置，他寫道：「**因為知識即力量**」。基於對地質學的知識，他強力建議有系統的研究「地球史與地球的演育」。

一八四三年五月父親湯姆士．華萊士去世，家裡頓失支柱。又逢姊姊芬妮因其開設的小學關閉而失業，正在待業中，母親瑪莉則外出幫傭。天無絕人之路，當時正值有學校需要教授製圖學、繪圖學與測量學的教師，他在面試之後接受萊斯特專科學校(Leicester Collegiate School)的教職，教繪圖學、測量學、英文、數學，年薪三十到四十英磅。他也趁這段時間自習幾何學、三角學等數學，並利用學校的圖書館廣讀博物學的經典著作。

他接觸許多熱帶南美洲的知識，尤其洪堡(Alexander von Humboldt, 1769-1859)的《南美洲旅行見聞錄》(*Personal Narrative of Travels in South America*, 1871) 影響他一生的生涯規畫甚鉅。

一八四四年是華萊士的博物學生涯極為重要的一年。他認識了比他小兩歲的亨利．沃爾特．貝慈 (Henry Walter Bates, 1825-1892)。貝慈當時熱衷蒐集甲蟲標本，而且也是小有名氣的業餘昆蟲學家。華萊士也因此開始著迷於採集、保存與分類生物標本。這個興趣成為了他日後環遊海外採集標本的契機，並最終成為了他終身的職志。

在萊斯特，他首次見識到催眠術並大為驚訝。後來又親眼目睹幾場催眠術的表演，甚至親自體驗全身或任何肢體有僵硬或暫時失去知覺的奇事。他對這種異常體驗深感困惑與無法理解。這個經驗加上後來的際遇，使他對唯靈論 (spiritualism) 有了一番獨到見解。

二十二歲（一八四五年）時，大哥威廉因搭乘三等露天夜車而受了寒，隨即因傷及呼吸道，轉成肺炎而病逝，得年三十六歲。華萊士與二哥約翰趕赴尼思 (Neath) 奔喪。他在當年的復活節辭去教職，專心處理威廉的後事，並擔下了威廉的測量事業，接下許多測量鐵路路線的工作。當時的日工資為兩基尼金幣 (guinea)，加管吃管住。他在年底繳出報告後便在尼思住下。這段期間，母親、約翰與赫伯特兩兄弟也相繼搬來尼思，而姊姊芬妮則遠在美國。

這段期間他也在機械學院教授基礎科學，同時也是當地斯旺西 (Swansea) 博物館的館員。在四月號的《動物學者學刊》(*Zoologist*, 1847)，華萊士發表了一則研究短訊〈尼思近郊捕獲的束帶斑金龜〉(Capture of *Trichius fasciatus* near Neath)，並致函感謝亨利·貝慈的協助。

華萊士讀了羅伯特·錢伯斯 (Robert Chambers) 用匿名發表的《宇宙自然史拾遺》(*Vestiges of the Natural History of Creation*, 1844)，驚覺到「物種形成」的新看法：一物種在自然定律下，可以演變 (transmutation) 成另一物種的觀點。人也是一個物種，或許也會依自然定律發生物種演變。

一八四七年，華萊士隨姊姊芬妮到法國一趟，讓他大開眼界。他不想繼續待在一個小地方採集昆蟲。他希望貝慈幫他選定一個「科」，並針對其仔細研究「物種起源原理」。三年下來，華萊士從非專業的昆蟲蒐集者，逐漸進入專業的殿堂。

他抽空從事博物學研究，為博物館收藏標本，並與貝慈常有書信來往。當他讀了威廉・愛德華茲（William H. Edwards, 1822-1929）的《亞馬遜河探源之旅》（*A Voyage Up the River Amazon*, 1847）後，心中打定主意要遠征美洲作自助探險之旅，他也約了貝慈一同前往。

華萊士帶著測量鐵路所賺取的一百英磅，買了工具、裝備與船票，剩餘一點錢得撐到販售昆蟲標本得到的收入。貝慈家境富裕，雖然他的父親不大贊成他去南美洲，但也預支了旅費與採集費。兩個年青人的熱帶探險採集之旅，靠著自己的勇氣與熱情，各自開闢出一條專業大道。

西半球的探索之旅（一八四八年－一八五二年）：南美洲尼格羅河的源頭，捕捉亞馬遜傘鳥，思索「有機體演化」

這兩個年青人（華萊士二十五歲，貝慈二十三歲），自一八四八年四月二十六日離開利物浦，搭乘探險號（*Mischief*）大型平底船，緩緩駛入愛爾蘭海，往西半球航去。汪洋的壯闊與天空的無際，正如他們兩人的胸懷大志，對前途充滿樂觀。

整整一個月的海上顛簸，華萊士與貝慈於五月二十六日抵達巴西的薩利納斯港

(Salinas)，再溯托坎廷斯河 (Tocantins) 而上，兩日後抵達帕拉港 (Para)。兩人登陸，展開新職業的第一天。三千餘公里的熱帶雨林正如連續的綠色高原從港口往內陸鋪去，直抵安地斯山山麓，平展在他們的眼前。兩人一同入內採集標本。其後，貝慈在亞馬遜度過終生最有意義的十一年，而華萊士則在此待了四年多一點。

這兩人的第一批收穫包括五百五十三種鱗翅目（包括四百種蝶），四百五十種甲蟲，四百種其他目的昆蟲，總共有一千三百種，計三千六百三十五份昆蟲標本；有一次十天的採集，就累積了七十種鳥類標本。這些標本將運回英國由經紀人史蒂文斯 (Samuel Stevens) 代為處理。另外，十二箱植物標本則送至皇家基尤植物園 (Royal Botanic Gardens, Kew) 的威廉·虎克爵士 (Sir William Hooker)，期望能值十英磅。在採集時，華萊士也仔細地觀察動物的行為：覓食、棲境、分布等。

他們於九月三十日回到帕拉港，花了三個月時間整理標本，再度運給史蒂文斯。這些標本非常難得與珍貴，經紀人在《自然史年刊與雜誌》上大登出售廣告。華萊士會指明哪些是值得寫論文的標本。在帕拉時，華萊士與貝慈再度討論到未來的計畫。華萊士打算往尼格羅河 (Rio Negro) 上游採集，而貝慈希望繼續溯亞馬遜河到索里穆斯 (Solimoes)。當年（一八四八）的十月，華萊士與貝慈分手，各自分別採集。其分手原因迄今不詳，但無不愉快的證明。此時正逢雨季，華萊士抱怨雨天與潮濕不利野外採集，而貝慈則能隨遇而安。兩人的個性差異或許是分手的一個原因。

華萊士在當地目睹了許多同他一般的「異鄉客」，他們為人雖正直仁厚，卻常擁有數十位貧困的奴隸而不覺不妥，這引發了他對人性的重新評論，並種下他對社會正義訴求的種子。他的弟弟赫伯特於一八四九年七月七日自英國搭船到巴西帕拉港，兄弟倆一起在亞馬遜採集生物標本。華萊士在帕拉待到一八五〇年八月三十日，並準備單獨一人溯尼格羅河進往內陸。這段旅程有一千一百公里，要花十二個月的時間，華萊士後來雇了一個狩獵助手以增加人力。

往更上游的亞馬遜河挺進的途中，到了離河口約六百多公里的聖塔倫 (Santarem)。華萊士逐漸對當地人的生活方式與習俗倍感興趣，也戒除許多歐洲人不自覺的習慣。在觀察分布於亞馬遜河兩岸生物後，他懷疑大河本身是若干物種的分界線。

一八四九年十二月三十日華萊士繼續溯河，抵達尼格羅河與亞馬遜河的匯流處，再往上約二十公里便是巴拉 (Barra)，即今日的瑪瑙斯 (Manaus)。當地許多人不懂英語與西班牙語，但略懂葡萄牙語，華萊士不得不學習簡單的當地印地安語。

華萊士到亞馬遜河支流之尼格羅河中的小島去捕捉亞馬遜傘鳥，並記錄牠們的行為，這是華萊士到南美洲探險的重要目的之一，其重要性如同他後來到新幾內亞捕捉天堂鳥。他在一週內採集到二十五隻亞馬遜傘鳥，獵人另外送來一隻活雄鳥，他養了十四天，每天餵食香蕉等水果。這時他逐漸從採集者的腳色擴展為一觀察者。這個觀察成為他第一篇從亞馬遜送出的論文主題，於一八五〇年七月二十三日在倫敦動物學學會宣讀，翌年（一八五一年十一月八日）刊在《自然史年報與學刊》。

離開巴拉後，華萊士在南美洲的探險之旅逐漸轉為艱辛，主要是因為溯河而上相當不易，尤其在需要克服一段段大瀑布時最為困難。他們先把大船的貨物與人員換成一條條小舟，並時常需要用人牽拉小舟過河，從此岸到彼岸，如「之」字形在兩岸間往上游挺進。經過八個禮拜後，終於在聖誕節前夕抵達吉阿的諾薩．森奧拉斯 (Nossa Senlora de Guia)，然而該處的採集並不理想。華萊士繼續往北深入雨林內部，到了塞拉 (Serra) 山區。在經過九天的探險後，終於捕捉到夢寐以求的安地斯動冠傘鳥 (gallo de Serra)，或稱岩雞，學名為 *Rucipola peruviorus*。華萊士曾記錄當時目睹此鳥細軟羽毛之奪目彩麗的那一剎那，他頓時不知身置何處。他在當地的捕獲成績很理想，於是又多待了兩個月，同時越來越想往更上游的地區繼續探險。他先回到吉阿，計畫下次深入雨林的探險。

這趟熱帶雨林的內陸之旅中，他目睹印地安原住民的雨林求生技能、生活習俗、性情與言語、為人處世等，並開始改用森林的動態方式與原住民相處，也意識到自已並非自謀生計的標本收集者，而是逐漸走入一個專業的旅行者與充滿潛力的作家之途。於是，他擬了一個寫作與出版計畫。這次溯尼格羅河後，他要往上游的沃佩斯河 (Uarpes 或 Vaupos) 去。他雄心勃勃地要超越前人（歐洲人）的探險腳步。

一八五二年二月，他花了五天，抵達巴西與委內瑞拉的國界科科伊山 (Serra of Cocoi)，那是五十年前洪堡的熱帶雨林終點站——聖卡洛斯 (Sao Carlos)。他只要再向前跨進一步，在探險的路線上就達到前無古人之舉了。

華萊士在巴西、哥倫比亞、委內瑞拉三國交界的山區——哈維塔 (Javita) 目睹了一隻黑豹，他正想舉槍之際，才驚覺到上膛的子彈類型不對，若鹵莽扣下板機，可能只會造成傷害而不會致命。他冷靜地判斷這時開槍是不明智的，會是黑豹與他皆輸的結局，所以他不動聲色，靜悄悄地任由牠沒入林中。

他在約二百人居住的哈維塔村學習村民的文化。住民勤奮工作的態度與強烈的社區意識，使他反省自身的工作態度與倫理；相較歐洲人的惡形惡狀、敗德行為及唯物觀，華萊士提醒自己要過著單純、健康、心平氣和的生活方式，要追求非物質上的富有，要擁有心靈上的滿足。

三月時，華萊士抵達此趟旅程最深入上游之地，位於哥倫比亞的穆庫拉(Macura)。他估計應當沒有其他人到過這裡，這次探險計畫已然達成新的紀錄，於是他心滿意足地開始計畫順流而下回到帕拉，打算返回英國。在上游時期的最後數週，他時常發燒，不能採集；此時，華萊士已在亞馬遜區域待了將近四年，可能是旅途的過程中感染的疾病使他的健康出了問題，無法繼續探險。他於七月二日回到帕拉港，不料獲知二十二歲的小弟赫伯特在去年便已死於黃熱病。他哀痛地到赫伯特的墓地祭悼，並在帕拉訂了船位回國，那是一艘雙桅橫帆船——海倫號。

一八五二年七月十二日，華萊士帶病上船，船上還載了他的許多活標本，分別裝在三十四個籠子裡，清單中包括五隻猴子、二隻金剛鸚鵡、二十二隻小鸚鵡、一隻白冠雉，還有許多小型鳥類及一隻他最心愛的馴服的鵎鵼，後來又加了一隻野犬。海倫號起錨的前一晚，鵎鵼飛到甲板上後溺斃，這似乎是一個不祥之兆。

在病榻上的他只能閱讀，航行三個禮拜之後的八月六日早上，船長進艙告知船著火了，請他幫忙查看並想想辦法。火勢雖不太大，但濃煙密布、無法撲滅，救生船也已下水。華萊士衝回客艙，帶走裝衣物的一個小盒、繪好的魚類與棕櫚樹畫作和若干值錢的小東西（如手錶之類）。因為煙霧太濃，他只好留下衣物、日記本、厚厚的手繪稿；他所攜帶的動物也幾乎都不幸罹難，只救起一隻落水的小鸚鵡。

海倫號燒了一整夜，數艘救生艇漂浮在大西洋上，離百慕達還有約一千一百公里。華萊士當時的心情大概無人能體會，數百盒新物種的美麗標本、草稿、手記及三年最精彩的日記，全都付之一炬或永葬海底，這個不幸成為了華萊士終身的痛苦回憶。大約離百慕達三百二十公里時，一艘既舊且慢又漏水的喬德森號（*Jordeson*）碰巧經過並救起了他們。華萊士最後終於在一八五二年十月一日返回英國，為這八十天有如夢魘般的航行畫下了句點。

除了採集與探險工作之外，華萊士前往亞馬遜的更大原因是為了研究「生命體演化現象的原因」。加上他曾聽過羅伯特．歐文的「烏托邦社會」概念，故對當地人類社會的演變相當地感興趣，也記錄了當地的多種語言與文化習俗。對生命體的演化問題，華萊士提出以下幾點看法：

一、物種播遷受到地理阻隔的控制。

二、物種演化的適應現象受到生態區域的影響超過物種之間的親緣性，亦即物種演化現象中環境力量超過基因力量，這點也是他後來在《達爾文主義》（*Darwinism*, 1889）

一書中與達爾文本人對演化力量的看法上之差異所在。

他曾經借由鳥類學、昆蟲學、哺乳類學、魚類學、植物學、地理學的探究，卻仍然找不到「演化的真正機制」。

步入科學界（一八五二年－一八五四年）：自南美洲返英後開始躋身於科學界

一八五二年十月一日，史蒂文斯抵達利物浦，迎接返國的華萊士。他瞥見一個高高的個子、衣衫襤褸、步伐蹣跚的人步下甲板，但在史蒂文斯太太的悉心照顧下，他很快地又容光煥發，活力十足了。原先在海上發下毒誓，不再渡海出國的打算，不知不覺地拋到九霄雲外；加上密集地出席許多學會（如昆蟲學學會、林奈學會、動物學學會）的研討會與發表多篇論文後，他在科學界中的地位初步底定。在著名博物學學者的力薦之下，一介平民的華萊士與貝慈同時於一八五四年成為動物學學會的通訊會員，這在當時實屬破例。

然而，華萊士究竟被當時的學者們歸類為博物學家或是作家，仍是模稜兩可；而可以肯定的則是華萊士在學術上必然還需要有更上一層的貢獻，始能真正被英國的博物學界所認可。於是他決定再做一次大探險，他一方面收集了各種探險相關的資料（如了解標本市場的需求與價格），另一方面，華萊士在皇家地理學會宣讀一篇有關尼格羅河的地理報告，並於一八五三年六月提出一份計畫，希望學會看重他在南美洲冒險的經驗，補助他到亞洲的馬來群島（從新加坡往東經婆羅洲、菲律賓、西里伯斯，即現今之蘇拉威西、帝汶、摩鹿加群島、香料群島，最後抵達新幾內亞）探險的旅費，並承諾在探險過程中會採集標本與製作地圖，記錄地理資訊等。皇家地理學會答應補助，但是補助的經費並不足以完成旅程，所以還需等待其他機會。

一八五二年他已二十九歲，快屆而立之年。雖然已是略有名氣的「旅行博物學家」，但對他懸在心中已久，急待解謎之「生命體演變」的想法依然毫無頭緒。接下來一年半的日子裡，他出席許多學術研討會與演講，並在一八五二年完成了兩本書《亞馬遜地區的棕櫚樹及其用途》(*Palm Trees of the Amazon and their Uses*) 與《亞馬遜與尼格羅河遊記》(*A Narrative of Travels on the Amazon and Rio Negro*)，其他成就乏善可陳。

久懸腦海的海外採集念頭如影隨形，揮之不去。終於，靠著他的採集資歷與經驗，華萊士向皇家地理學會申請到一筆赴馬來群島的旅費。除了補助黑海號 (*Euxine*) 的頭等艙船票外，並准許他帶一個助理——查理斯．艾倫 (Charles Allen) 隨行。華萊士喜出望外，於一八五四年三月搭船出航，並於三月二十日抵新加坡。

東半球的探索之旅（一八五四－一八五四－一八六二）：採集生物標本，記錄原住民的社會與文化，完成「生命體起源」的論文，並提出「華萊士線」論點

黑海號於一八五四年三月啟程往直布羅陀、馬爾他與埃及，載著華萊士的未來生涯夢，駛向東方的熱帶雨林。船抵新加坡後，華萊士立刻著手進行採集，當時十九世紀中葉的新加坡尚有豐富的甲蟲，第一批寄給經紀人史蒂文斯的甲蟲便有一千隻，而手上待處理的甲蟲更不知凡幾。為了消化如此龐大的工作量，華萊士過著有如軍人般規律的生活，早上五點半起身盥洗、處理昨日的收穫，助理查理斯負責捕蟲；八點早餐後準備外出的裝備，兩人九點出發，一天往往可捕捉到五、六十隻甲蟲及其他昆蟲。下午四點晚餐，六點鐘處理昆蟲標本。若工作量大，往往會「加班」到晚上八、九點才就寢。

馬來群島八年的旅行與採集，華萊士不但收穫了豐富的生物標本，更遍訪各島充分體驗與了解原住民的文化習俗，如此第一手與全面性的科學與人文接觸，在當時可說是前無古人的創舉。華萊士於返英七年後的一八六九年初春，出版了《馬來群島自然考察記：紅毛猩猩與天堂鳥的原鄉》暢述旅遊見聞。這本書被譽為「十九世紀最重要的自然寫作」。書名只點出採集的重心：紅毛猩猩與天堂鳥，然而本書對生物學最大的貢獻則是分析物種分布的地理區。

在新加坡的初步採集便有豐碩成果，令華萊士對這趟考察充滿信心。半年後的

一八五四年十一月一日，他轉移地點，渡海往東抵達婆羅洲西岸。到達婆羅洲後首入眼簾的是一個巨大的綠色森林城堡，而圍繞其的沙嶗越河則比他看過的所有護城河都要來的寬。在婆羅洲的採集期間，「生命體演變定律（The Organic Law of Change）」與「控制新物種形成的定律（On the Law Which Has Regulated the Introduction of New Species）」兩個主題依然不斷地在華萊士心中醞釀著。華萊士在婆羅洲一待就是十五個月，吸引他的不只是新奇、罕見、美麗的植物及昆蟲，最重要的標本則是被當地馬來人稱為「森林人」的動物，即是今日我們所說的紅毛猩猩（*Pongo pygmaeus*）。紅毛猩猩是亞洲熱帶雨林特有的猩猩科猩猩屬動物。猩猩科下尚有大猩猩與黑猩猩兩屬。全科共三屬四種。這些人類的「近親」們，僅分布在熱帶非洲與熱帶亞洲，讓歐洲人相當著迷（圖3）。

華萊士在婆羅洲的採集收穫豐碩，而他主要是在沙東河（Sadong）的小支流實文然河（Smujon）採集。實文然河流域約有五十平方公里的低地林澤，河面雖不寬，但河道縱橫蜿蜒，喬木參天蔽日；在這片林澤中有些孤立小丘，有中國人在此伐木與開採煤礦，所以多有腐木橫置，而腐木正是甲蟲最好的繁殖環境。華萊士在抵達礦場前的四個月只採集到三百二十種甲蟲，但三月十四日抵達此處後只花了兩個禮拜便超過了前四個月的收穫量，有時甚至一天之內就發現了三十六種甲蟲。華萊士在婆羅洲收集了將近二千種甲蟲，以腐木為食的甲蟲有三百種，其中九成為新種。

其實，華萊士到實文然河的最大目的是研究紅毛猩猩的自然史，並且要採集標本送回英國。他抵達實文然河才一週就看到一隻紅毛猩猩。他在《馬來群島自然考察記：

NATIVE HOUSE, WOKAN, ARU ISLANDS
(Where I lived two weeks in March, 1859).

圖 3 華萊士於阿魯群島 (Aru Islands) 所居住之住所

（圖片來源：Wellcome Library, London）

紅毛猩猩與天堂鳥的原鄉》中描述獵殺紅毛猩猩的血腥場景：「牠中彈後轟然落地，雙腿折斷，胯骨關節與尾椎完全碎裂，頸部上嵌著兩顆子彈，落地時仍未斷氣。」獵得紅毛猩猩的次日，他花了一整天處理標本，而這付完整的骸骨標本如今仍展示在歐洲的某座博物館裡。當時的「文明人」到熱帶森林，槍殺如此龐大的哺乳動物，加上又是人類的近親（人類與紅毛猩猩的基因組有97%相同），那樣的狠心、兇殘毫不手軟的心境與舉動，迄今仍然令人無法理解。

一百五十多年後的今天，紅毛猩猩的處境更加險惡。當地人為獵食其肉或保護農作物，使得每年死於非命的紅毛猩猩約有二千到三千隻。目前有一大族群雖然受到加里曼丹的普廷角(Tanjung Puting)國家公園的保護，但是仍然逃不掉全球環境變遷的災難，族群未來的存續充滿了不確定性。

然而，華萊士雖有一段令人感動的收養紅毛猩猩的故事，但事實上更像是一段贖罪的行為，令人不勝唏噓。這件事情是這樣的，有一次，他連開三槍射殺了一隻大的雌猩猩後，發現地上有一隻幼猩猩，才三十公分長，牙還未長。華萊士帶牠回到住所，如母親般細心照顧牠，不過三個月後幼猩猩還是病死了。這個經驗讓他不再只是個「獵人」，進而增加了野生動物「觀察者」的身份。他曾觀察活猩猩的行為習性，並仔細量度了十七具猩猩屍體之後，在《博物學會誌刊》上發表了一篇關於猩猩的論文

華萊士的足跡幾乎遍及了馬來群島中的各個島嶼（尤其是今日的印尼），其中在有些島嶼上甚至留連忘返、一再登島考察。他的旅行見聞在《馬來群島自然考察記：紅

毛猩猩與《天堂鳥的原鄉》中有生動、精彩與忠實的記載。而在書中，華萊士到馬來群島的的另一個大目的是採集天堂鳥（圖 4）。

一八五八年元月八日，華萊士抵達抵達德那地 (Ternate，或稱德那第) 小島。他打算以此島為根據地，四處採集標本。然而在此地時，他卻不幸染上瘧疾，體力極差，只得暫時擱下採集工作並由助手代理。當瘧疾發作時，全身非常怕冷；即使當時氣溫高達攝式三十一度，全身還是冷到顫抖不止。這些沒辦法下床採集的日子，想不到卻可用來趁機思考久懸未決的「生命體演變的理論」。

有一天，他不知為何想起十二年前讀過的《人口論》一書，作者馬爾薩斯 (Thomas R. Malthus, 1766-1834) 清楚地指出「控制人口增加的是疾病、意外、戰爭及飢饉」。未開化地區的人口死亡率遠大於已開發的文明地區，且在當時疾病確實是控制人口量最主要的原因之一。那個年代（一八四五年到一八五二年）的愛爾蘭因饑餓與疾病交迫，死亡人口達上百萬人，加上逃亡他鄉謀生的百萬人，愛爾蘭的總人口銳減至原來的四分之三；而華萊士的九個兄弟姊姊中，在他三十歲時已有六個人過世了。

華萊士隨即聯想到這種控制人口數量的方式也會發生在動物族群量上，且只有族群中最身強力壯、行動敏捷、靈巧多謀、善於捕食與消化快速的個體在面對競爭時最易存活下來，亦即「最適者始能存活」。因此，氣候的遽變、食物的欠缺、疾病的流行、天敵的攻擊等來自自然界的壓力，加上從他的採集經驗中得悉即使同一物種的不同個體之間亦有差異存在。凡是能適應自然變動的個體，其存活機會才會較高，也因此有

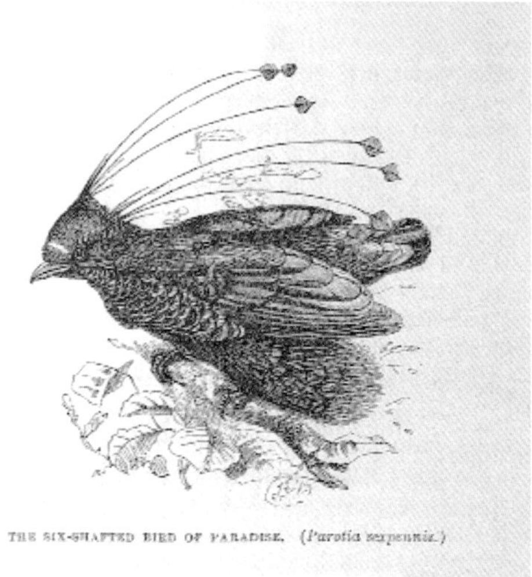

圖 4 天堂鳥手繪圖

（圖片來源：Wellcome Library, London）

更高的繁衍機會，並可產生更多的後代。華萊士終於領悟到夢寐以求的「物種起源」與「新物種誕生」的答案了。他也發現十九世紀著名的「拉馬克學說」之缺失。拉馬克 (Jean-Baptiste Larmarck, 1744-1829) 於一八〇二年發表在《動物學報》中「用進廢退」詮釋物種多樣的說法，然而此說法頗受爭議。拉馬克認為生物體為了因應環境壓力而獲得的性狀是可以遺傳的。華萊士一俟瘧疾病稍微好轉，便馬上著手撰寫一篇精簡論文，打算在數天後郵輪啟程返英國時寄給達爾文。這時已是一八五八年三月一日了，而郵船是再過八天就要起錨離開德那第。達爾文宣稱他於一八五八年六月十八日收到華萊士的這篇論文。相隔三個多月的郵寄時間是有點長；而當達爾文讀了華萊士的簡短論文，想必定是百感文集。根據華萊士自傳中的記述：「**達爾文覺得不正是讀著自己的理論嗎？華萊士的那封信，不正是他未脫稿的《自然選擇》一書的摘要嗎？**」

華萊士郵寄的那篇論文是〈論變種自原型永久分離的趨勢〉(On the Tendency of Varieties to Depart Indefinitely from the Original Type)。論文付郵後，他馬上又忙於另一個長途探險計畫：到新幾內亞探險幾個月。當時的新幾內亞還是一個幾乎沒有歐洲人曾花費較長時間探索過的地方，也是荷蘭政府勢力所不及的邊緣之地，更是一塊真正的處女地 (terra incognita)；那裏有著華萊士此行前來馬來群島最重要的目的之一：天堂鳥。而正當達爾文在驚恐與壓力下夜以繼日的撰寫《物種起源》(*On The Origin of Species*) 的同時，華萊士則正在新幾內亞採集「天堂鳥」的標本呢。

天堂鳥的美麗非凡早已為博物收藏家口耳相傳。早在華萊士來到原產地採集天堂鳥的一百年前，物種分類與命名大師——林奈，在一七六〇年便已把天堂鳥屬（*Paradisaea*）中最大型的種類命名為大天堂鳥（*Paradisea apoda*），而因為命名時根據的是雙腳被斬掉的標本，故種名為「無腳（*apoda*）」，並以為這種鳥類終生在空中飛翔因此無腳，可見當時的科學家對天堂鳥是多麼的陌生。華萊士在他一八六九年出版的《馬來群島自然考察記：紅毛猩猩與天堂鳥的原鄉》中，對天堂鳥有極為精彩的描述，同時對物種棲息地保育之必需性也早已洞察無遺。

華萊士的另一項科學成就是於一八六〇年在馬來群島之間所劃出的一條線。這條線是南起印尼峇里島與龍目島之間的海峽，往北通過婆羅洲與蘇拉威西兩島之間的望加錫海峽，再由北偏東通過菲律賓的棉蘭老（或稱民答那峨）海域，東出太平洋。這是他根據動物類別在地理分布上的差異，將其分成兩個動物地理區的分界線。華萊士把群島一分為二：西北半部稱為印尼——馬來區，以胎盤動物為代表；東南半部稱為馬來——澳州區，以有袋動物為代表。這條線即為「華萊士線（Wallace's line）」。華萊士劃下那一道線時，他當時還不知道那條線其實是地球上兩大陸洲相對移動後所殘留的蛛絲馬跡。後來調查更多物種資料後，華萊士線往東做了修正，更靠近新幾內亞。華萊士也因此被尊稱為「生物地理學之父」，以紀念他在動物地理分布現象上的貢獻。

圖 5 華萊士與妻子、女兒之合影
（圖片來源：A. R. Wallace Memorial Fund & G.W. Beccaloni）

科學大師的貢獻（一八六三－一八八〇）：演化論的詮釋與生物地理學的論點

華萊士於一八六二年二月一日離開馬來群島，四月一日返抵英國。這趟馬來群島的探險與採集之旅幾乎整整花了八個年頭，其收穫是空前的豐富。回國頭三年的時間，華萊士沉浸於標本之海中，先是整理鳥與昆蟲的標本，之後發表了十六篇論文，分別刊登在昆蟲學、動物學、林奈氏、人類學與地理學學刊或在研討學會上宣讀。

一八六六年四月，華萊士與植物學家的女兒安妮・米滕（Annie Mitten）結婚，結束了四十多年光桿漂泊的日子。華萊士的生活終於安定下來（圖5）。然而他雖與達爾文共享「自然選擇」概念的創始者光環，但當達爾文在一八五九年出版《物種起源》時，大家都以為華萊士百分之百是達爾文的支持者，而事實卻並非如此。華萊士在他一八八九年出版的《達爾文主義》裡有明確說明他所持的觀點。

華萊士第二次海外探險之旅尚在返國的途中（一八六二年三月），便已正式為生物科學的學者接納，並順利當選為英國動物學學會與英國鳥類聯盟的會員。一八六四年，他發表了一篇刊登在人類學學會刊物的劃時代論文：〈從「天擇論」演繹人種起源與人類的古老〉（The Origin of Human Race and Antiquity of Man Deduced from the theory of "Natural Selection"），論文中試圖用天擇模式，從單源發生說與多源發生說討論人類之起源。這是他首次嘗試將「天擇論」應用到有較高心智與具備道德特質之人類，他曾質疑唯物論（包括達爾文的學說）是否真的能夠完整地闡釋人類演化出眾多特質的原因。研究華萊士的學者、西肯塔基大學的副教授查爾斯．史密斯（Charles H. Smith）認為，華萊士很可能早就開始研究唯靈論的哲學觀與其表現形式，以備作為他在一八五八年研究生命體演變理論的基礎。這是演化論從物質（天擇）作用用闡釋生物學層次，提高到用精神作用左右道德層次的新合成。此論點之完整性讓他的同儕又吃驚又不解，然而讚同他這種論點的人很少，但華萊士卻終身不渝地主張此觀念，且為此發表上百篇論文。二〇一二年牛津大學出版的《心智與宇宙》(*Mind and Cosmos*) 一書的作者湯姆士．內格爾 (Thomas Negal) 把書名的副標定為「**唯物者新達爾文主義對自然的概念為何幾乎確定是謬誤的**」。直到現在，這個思想的領域還是一塊處女地。

華萊士的思想遍及諸多領域：他在一八六五年到一八六九年間，論述涉獵政治學、測地學、冰川學、博物館管理學等範疇，而這也是他異常關心社會現象與科學普及的表現；一八六九年出版的《馬來群島自然考察記》及一八七〇年出版的《天擇論文集》(*Contributions to the Theory of Natural Selection*) 則是他從發現大自然奧祕的博物學領域，正式踏入探討生命本質的生命科學領域之證明。

以後的十年間（一八七〇到一八八〇），他寫作不綴，論文、研究短訊、評論、書評、專題論述等皆相繼出版，不下一百五十份。其中《動物的地理分布》(*The Geographical Distribution of Animals*, 1876)；《熱帶的自然與其他論文》(*Tropical Nature and Other Essays*, 1878)；《島嶼生命》(*Island Life*, 1880) 更奠定了後世形成「生物地理學」、「島嶼生物學」之基礎。而從這些著作中也可以看出他與達爾文的思考方向相當不同。這十年間他對社會、宗教、自由貿易，甚至市郊的森林管理均有他的特定看法，實為當時所僅見。

在《熱帶的自然與其他論文》中，他警告破壞熱帶的森林與土壤流失將會造成嚴重的後果，熱帶地區的大雨將更容易促成表土流失。此外，他也記錄了氣候與植物間互相影響的複雜作用，亦告示大面積開墾種植咖啡將會導致土壤生產力的下降等。華萊士在《島嶼生命》內討論「入侵物種」對生態的衝擊，可以說是近代「入侵生物學(Invasion biology)」的的鼻祖。書中針砭歐洲人對生態破壞的行為，認為歐洲人在聖海倫納島 (Saint Helena Island) 殖民統治時對當地的生態造成了嚴重破壞，諸如表土流失、基岩裸露及植被消失等。此外，一五一三年葡萄牙人引進山羊吃掉樹苗，導致森林無法自然更新與恢復；而一六五一年東印度公司佔有該島後提煉紅木與烏木（柿屬）樹皮內的丹寧，竟放任撕下樹皮後的整株喬木腐朽於林地；且更於一七〇九年大肆砍伐烏木，用來燒石灰石建城堡等，都極盡生態破壞之能事。

華萊士沒有祖產可承，沒有祖蔭可蔽。他的生計一直未見改善，他也重蹈了父親的覆轍，先將馬來群島的獲利投資失敗，再又未能謀得永久職位；而生活拮据的結果，使他不得不搬離倫敦，並越住越偏僻以節省開銷。

然而在這十八年間，華萊士無論在學術上的貢獻，或是他在關懷人文社會與提升文化素養的努力，都可謂卓然有成，並充分展現出學問淵博的博物學者之思想成熟與行為入世。

人道泰斗的啟示（一八八〇－一九一三）：以文字針砭時代的社會主義、國土論、女權、經濟

一八八〇年代初，華萊士對英國的土地政策、環境保護法律、醫學的流行病防治、勞工運動皆有基進的看法。他傾向社會主義、追求社會正義，鼓吹「人人的機會皆均等」的看法與身體力行，這些都是超時代的看法。他有一本書最能代表他對國有土地的看法：《土地國有化》(*Land Nationalization*, 1882)，並另有《土地國有化之為何與如何》(*The "Why" and "How" of Land Nationalization*, 1983) 以進一步說明他對土地國有論的主張。

這些社會參與的舉動早已遠離博物學的範疇，但華萊士卻樂此不疲。他支持「女性有投票權」、「女性有被選舉權」，反對「優生學」、「貧窮」、「軍國主義」、「帝國霸權制度性的懲罰法則」。在經濟理論上建議採用紙幣、標準、遺產、繼承、信託等論述，在當時都是超級前瞻性的思想。

華萊士自馬來群島返英後，基本上並未遠遊，只去過威爾斯、愛爾蘭與瑞士等地。自他回國後到去世為止，最久的遠遊是到加拿大與美國進行十個月（一八八六年與一八八七年之間）的講學，而那時他已是六十五歲高齡。這趟講學之旅，華萊士大部分時間都在美國東岸，直到一八八七年六月五日，他在舊金山的大都會堂給了一個極為重要的演講：〈如果人死了，他將會活過來嗎？〉(If A Man Die Shall He Live Again?) 這是他談唯靈論最重要的演講。他說若在世是人的唯一生命，即時享樂便會變成為人

生追求的唯一目的；誰還會去在乎「公義、真理、無私」，何必關愛「貧困、罹病、有難」的他人；人人都將追求一己之利，並罔顧他人的付出。

在美國的這段時間，華萊士先後與政治領袖、社會顯達、學界菁英見面。例如與美國總統克里夫蘭會面；被尊稱為國家公園之父的約翰．繆爾 (John Muir, 1838-1914) 則伴他去北美巨杉林 (redwood)；與史丹佛大學創辦人利蘭．史丹佛 (Leland Stanford, 1824-1893) 談教育等。直到一八八七年七月初方束裝返國。

華萊士在這趟北美之行中獲益匪淺，為他的寫作工作倍增了靈感與動力。一八八九年他完成《達爾文主義》一書，匯集了他在美國的演講內容，成為他此生最重要的著作之一。這段約莫十年的時間（即一八八〇年代到一八九〇年代），華萊士除了致力於生物科學，也繼續積極地參與社會學方面研究，完成一百五十多篇著作，包羅萬象的主題影響當代的演化學、生物地理學與地理學的發展。

時序進入二十世紀，華萊士已近八十歲高齡，但他在這二十世紀的頭十年，撰寫之勤依然令人萬分佩服。這段期間他出版了三本書：《人類在宇宙的定位》(*Man's Place in the Universe*, 1904)、《我的一生》(*My Life*, 1905) 及《生命的世界》(*The World of Life*, 1909)，專題論文則達四千多頁。即使在辭世的那年（一九一三），華萊士還出版了兩本書：《民主政權的不義》(*The Revolt of Democracy*, 1913) 與《社會環境與道德進步》(*Social Environment and Moral Progress*, 1913)。

到了一九一三年夏，華萊士的健康情況漸差，關節炎復發，本想著手寫作的《達爾文與華萊士》(*Darwin and Wallace*) 一書因此遲遲無法動筆。起初他還可坐輪椅去花園，到後來他只能把喜愛的花草種在書房的窗邊，田園的栽植活動陪著他跨越了這個世紀，更伴他走到生命的盡頭。但他在病塌上並不沮喪，仍樂觀地認為自己尚有若干天年可享。但是到了十一月二日，他已臥病在床。他吩咐男僕告訴醫生：「時候到了，請你放下臥室的窗簾，算是通知別人。」

一九一三年十一月七日，上午九點二十五分，華萊士安詳辭世。他原可葬在西敏寺達爾文墓旁，可是家人依華萊士的意願，將他葬在當地的布羅德斯通公墓；但是刻著阿爾弗雷德．拉塞爾．華萊士的大勳章，則於一九一五年被供奉到了西敏寺內，以永久紀念這一位偉大的博物學家（圖 6）。

華萊士的墓旁立了一段化石樹幹，為一座一億四千六百萬年前、學名為 *Protocupressinoxylon purbecksis* 的准掌鱗杉科 (Cheirolepidaceae) 喬木。這個化石樹幹象徵著他在熱帶雨林內的探險、他在美國加州的巨杉林與北美紅杉林內的漫步及紀念他對所有生命皆為一家族這一信念（圖 7）。

華萊士雖未能完成正規的大學教育，不過終身獲得無數的至高榮譽，例和都柏林大學與牛津大學都曾頒授榮譽博士學位給他。他亦獲得倫敦林奈學會授予的達爾文．華萊士獎章 (Darwin-Wallace Medal) 及英國皇家學會頒發的最高榮譽——科普里獎章 (Copley Medal)。然而，他均未將這些獎項放在心上或掛在口中。他秉持著一貫的謙虛態度，並將其表現在學術與社會地位上。他的學術成就可稱得上是少數的、劃時代的貢獻，也是最偉大的科學與人文思想家，更是值得我們永遠效法與紀念的偉人（圖8）。

圖 6 華萊士之墓碑銘記

（圖片來源：A. R. Wallace Memorial Fund & G.W. Beccaloni）

圖 7 華萊士墓旁之化石樹幹

（圖片來源：A.R.Wallace Memorial Fund & G.W.Beccaloni）

圖 8 華萊士晚年肖像與他的親筆簽名

（圖片來源：A. R. Wallace Memorial Fund & G.W. Beccaloni）

you trouble I enclose a
Postcard & shall be much
obliged if you will fill in
what dates you can remember
or can easily ascertain.

Believe me
Dear Sir
Yours very faithfully

Alfred R. Wallace.

A. R. WALLACE SOON AFTER HIS RETURN FROM THE EAST

（圖片來源：Wellcome Library, London）

第二篇

生物科學的燈塔與光照

華萊士和達爾文的交錯人生

——胡哲明

兩個出身迥然有異，但對天擇想法出奇一致的自然博物學者，在地球的兩端，先後想通了物種形成的作用機制。一封來自馬來群島的信，迫得優柔寡斷的達爾文將原本計劃帶入自己棺材的驚世想法提早公諸於世，在一場帶有詭譎色彩的聯名發表後，兩人的人生從此有了天翻地覆的轉變。從未受過正式學院訓練的甲蟲愛好者華萊士，雖然因此一夕爆紅，但也註定一生都無法擺脫與達爾文的糾結。對周遭未知充滿好奇心，大無畏的學術界怪咖華萊士，在保守的英國橫衝直撞，屢屢投下震撼彈。命運的絲線，究竟會把達爾文和華萊士帶向何方呢？

踏上偉大的旅程

在一八五八年二月一個燠熱的午後，華萊士在床上掙扎起身，想要釐清腦中的一些模糊的想法，他直覺地知道有個很重要的概念就快要成形。這是華萊士在馬來群島工作的第四年，他在一個月前抵達摩鹿加群島北面吉洛洛島群 (Gilolo，現名為印尼哈馬赫拉島）中的德那第島 (Ternate)，華萊士在抵達此地沒多久後，寫給貝慈 (Bates) 博士的信中就提到：「……這裡應該是昆蟲學家夢寐以求的研究處女地(terra incognita)，我想我應該會在此停留兩三年吧。」華萊士也的確就在此暫時定居，直到一八六一年停留在爪哇和蘇門答臘採集半年後，才回到英國倫敦。在此期間華萊士以德那第島為基地，足跡遍及摩鹿加群島、西里伯斯（即現今之蘇拉威西）到新幾內亞等地，在八年的時間超過六十次的旅程中，旅行了約一萬四千哩，總共採集了超過十二萬份的各類生物標本，其中鞘翅目的昆蟲就佔了八萬件（圖1）。

天擇理論的萌芽

華萊士在此地的採集工作因為雨季的影響時好時壞，加上一直受到各種熱帶疾病（應是瘧疾）的困擾，常常冷熱交迫；發冷的時候即使氣溫超過三十一度，很多時候也只能裹在毛毯裡休息。就在華萊士發燒昏睡的時候，腦中反覆出現馬爾薩斯的《人口論》所提到，在資源有限的情況下，個體之間會有競爭，而只有一部份人才能存活下來的語句。

華萊士進一步的思考著：「既然人類社會中，戰爭、疾病、飢荒可以控制人口的數目，同樣的道理自然可以應用在其他動物中。自然界有許多動物繁殖的速度遠比人類快得多，那麼，這個「控制」的力量影響自然也大得多。」「在自然環境中，具有

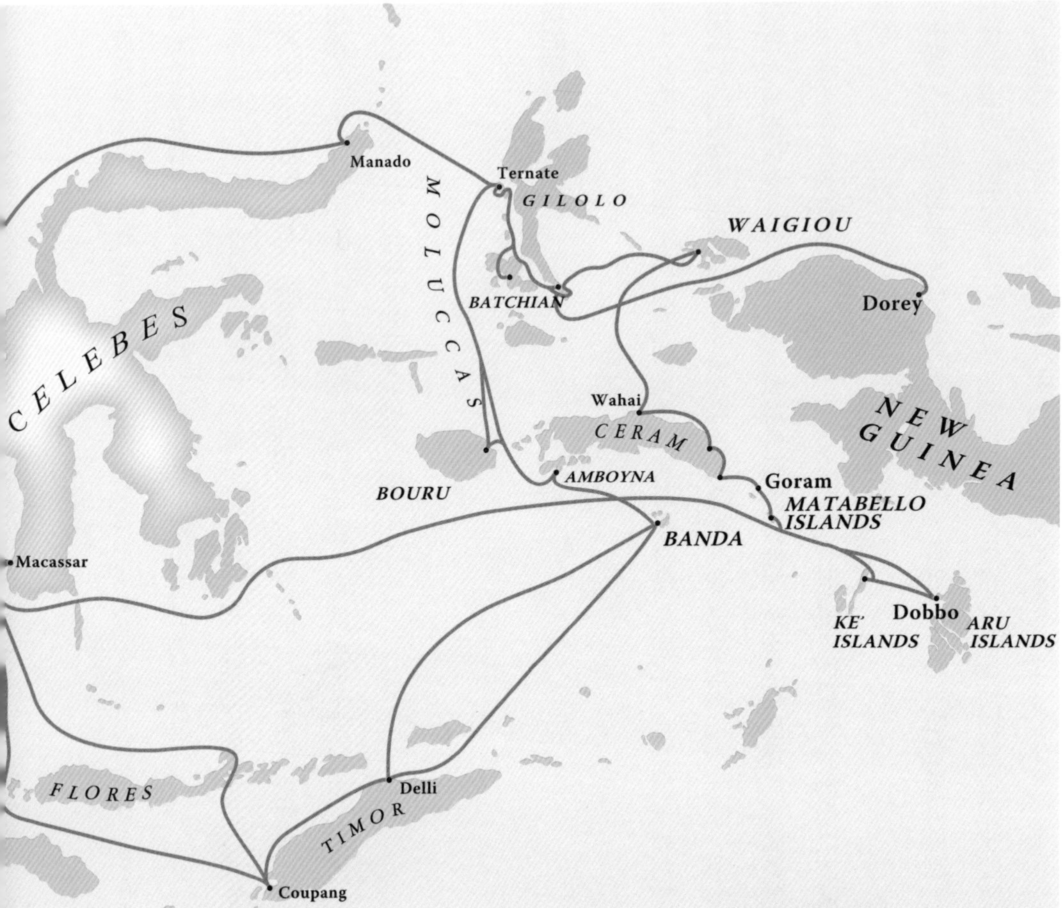
Manado
Ternate
MOLUCCAS
GILOLO
WAIGIOU
BATCHIAN
Dorey
CELEBES
NEW GUINEA
Wahai
CERAM
BOURU
AMBOYNA
Goram
MATABELLO ISLANDS
BANDA
Macassar
KE' ISLANDS
Dobbo
ARU ISLANDS
FLORES
Delli
TIMOR
Coupang

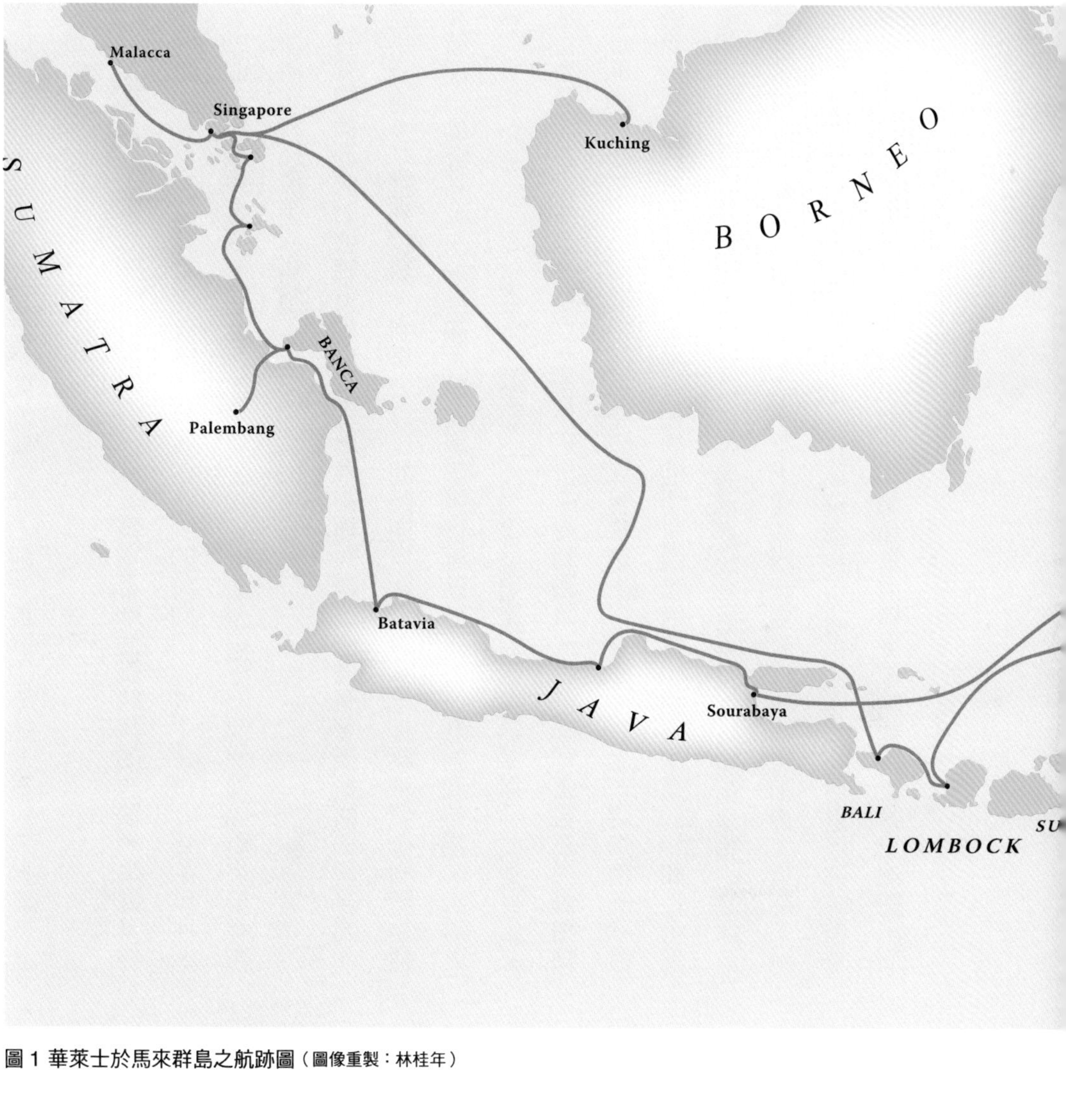

圖 1 華萊士於馬來群島之航跡圖（圖像重製：林桂年）

各式變異的個體們，是否也因此有不同的競爭能力呢？群體中不適者最終會被淘汰，而只有最適者才能存活下來」。

就是這樣的靈光一現，華萊士知道自己已經掌握了一個劃時代的想法，那就是物種形成的機制。他整理了自己手邊的資料，在兩天的時間內寫成了一份九頁的稿件，也就是著名的〈德那第文稿〉(The Ternate Essay)，後來與達爾文的研究共同發表於林奈學會，成為演化天擇理論的起始文獻。

不過有關物種形成的機制上，華萊士思考物種問題也已經有著很長的一段時間。從他在亞馬遜的多年野外經驗，到馬來群島的長期自然觀察，已經讓華萊士對於物種在空間和時間上的分布有了非常深入的瞭解了。這可以從他於一八五五年在《自然史雜誌年報》(*Ann. & Mag. Nat. Hist.*) 所發表的文章〈控制新物種形成的定律〉(On the law which has regulated the introduction of new species) 得到驗證。這篇文章主要在探討動物和植物在長期的地質歷史中所展現的分布型式，華萊士在文章中討論了許多例子，最後總結說明不同的物種的出現，與其所在的地理空間和地質時間有清楚的相關性，意即愈相近的物種，其生存的區域愈近。這篇文章是華萊士第一篇有關演化理論的文章，也清楚闡釋了演化的結果，由於該文是華萊士在沙嶗越寫成的，故也被後人稱為「沙嶗越定律 (Sarawak Law)」。沙嶗越定律一文雖然是華萊士演化理論的一個里程碑，但是它仍然沒有說明物種形成的機制為何。因此〈德那第文稿〉才是華萊士第一次提出演化論的核心——天擇概念的文章。

有趣的是，華萊士在一開始並沒有想要直接發表這篇文章，而是在寫好短文初稿後，想先和其他人討論內容的適切性。在馬來群島的研究期間，華萊士一直是獨立的自然研究者，他沒有其他的研究團隊支持，多數的時間都是他自己一個人，加上一到兩個當地的助手進行野外調查。由於其所到之處往往少見西方人士，因此華萊士與外界的溝通，多半只能依賴隨著標本寄送的書信往返。也因為如此不便的溝通管道，華萊士平時絕少有科學討論的對象，而在想通了天擇是種化形成的重要機制之後，華萊士迫不及待地想和人分享這些想法，不過身在交通不便的熱帶馬來西亞荒野，華萊士唯一能做的，就是把整理好的初稿寄回英國，和其他研究者分享。在這個時候華萊士面臨到應該把文稿先寄給誰才好的問題。

華萊士一向和英國的學術界不算熟稔，在亞馬遜和馬來群島兩次旅程中間，他只在倫敦待了一年多，大部份的時間用在陪伴家人和完成他的頭兩本著作：《亞馬遜地區的棕櫚樹及其用途》(*Palm Trees of the Amazon and their Uses*)，以及《亞馬遜與尼格羅河遊記：兼論其原住民、氣候、地質、與自然史的觀察》(*A Narrative of Travels on the Amazon and Rio Negro*)。這兩本書都得到當時學術界褒貶不一的評價，當時英國皇家基尤植物園 (Royal Botanic Gardens, Kew) 園長威廉·虎克 (Sir William Hooker) 甚至直指前者更適合放在茶几上，而沒有太多植物學的參考價值。《亞馬遜與尼格羅河遊記》一書雖然賣得較好，但是如同達爾文和其他學者的批評，該書的資料細節明顯不足，降低了參考價值。然而大多數的讀者都能諒解，這主要因為華萊士在從亞馬遜回英國的船難中失去了大部份的標本和筆記，缺乏細節是必然的結果。

在這一年多期間幾次和英國學者們的接觸裡，華萊士給人的印象，大抵不脫一個傑出的昆蟲採集者和自然觀察家。華萊士第一次和達爾文見面時，雖然面對面談了幾分鐘，但是並沒有任何更深入的接觸。在接下來的幾年間，華萊士也零星的發表了一些動物的觀察記錄，包含亞馬遜的魚類、蝴蝶、原住民的昆蟲利用等，但一直要到一八五五年的「沙嶗越定律」一文，華萊士才真正將生物地理和物種本身結合，並提出學理性的討論。然而「沙嶗越定律」的初步迴響並不大，達爾文是少數幾位對這篇文章表達出興趣的學者之一。在一八五七年九月由達爾文回給華萊士的信中還安慰他：「你說你有點驚訝沒什麼人對這篇文章有反應。老實說我其實並不會，因為自然學者對於描述物種之外的東西一向都不重視。不過查爾斯・萊爾爵士 (Sir Charles Lyell) 和加爾各答的布萊詩 (E. Blyth) 先生都很注意你的這篇文章。」

有意思的是，達爾文在讀過華萊士的「沙嶗越定律」之後，心理肯定受到了一定的影響。一八五六年萊爾在一次拜訪達爾文家的時候，才首次聽達爾文忍不住說明了他多年來對於天擇理論的細節，但是達爾文對於是否該發表他對物種形成和天擇的想法仍然猶豫不決，因為萊爾當時仍相信物種是固定不變的。而在一八五六至一八五七年間，達爾文與華萊士的書信往返中，達爾文多次提到他對於「沙嶗越定律」有共同的認知與結論，不過達爾文也在信中暗示他也有一樣的觀察和想法，且對於物種變異的問題也已經思考了二十年，「甚至我還做了更多」，然而達爾文卻不曾在信中透露他已完成了演化論的核心——天擇理論的建立。無論如何，達爾文的認同不僅鼓舞了華萊士，也讓華萊士對於達爾文有一定程度的信任感，也因此在完成了〈德那第文稿〉之後，華萊士最後決定先寄給這位一定能瞭解文中重要性的「知音」。

天擇學說的稿件和「紳士的安排」

華萊士的文稿在一八五八年六月十八日寄到了達爾文的住所。眾所周知的，達爾文在讀完華萊士文稿之後，只能以驚駭不已來形容，他簡直不敢相信自己眼前所見。當時，達爾文或許曾感到一世辛苦將盡付流水的恐懼，多年深藏不敢發表的秘密，很有可能會被這個後生小子搶先發表。看著華萊士的文稿，達爾文也陷入一個難以抉擇的情況。華萊士的〈德那第文稿〉原本是要請達爾文再代轉給萊爾，希望能分享其所認為的重要發現。這對達爾文來說送也不是，不送也不是，而在一番內心掙扎之後，達爾文就在當天決定提筆向他的好友萊爾表白，之後也再詢問達爾文的另一好友約瑟夫．虎克（Joseph D. Hooker，威廉．虎克的兒子，同為著名植物學家），並尋求他們的建議。約瑟夫．虎克是唯一早在一八四四年就讀過達爾文文稿的人，在此事上應可謂有著決定性的影響力。萊爾和虎克在重讀過達爾文一八四四年的舊文稿，與一八五七年達爾文寫給美國植物學家阿薩・葛雷(Asa Gray)的信件後，最後決定要達爾文和華萊士共同發表他們的論文成果。

在一八五八年七月一日的倫敦林奈學會會議中，宣讀了達爾文和華萊士的聯名文章，標題定為：「論物種形成變異的趨勢以及在自然選擇下其物種和變異的保存」，內容分為四個部份：

一・由查爾斯・萊爾和約瑟夫・虎克聯名的信件說明。

二・達爾文在一八四四年未發表有關物種的研究文稿，其中的一個章節：「在自然界中有機體的變異，自然選擇，以及馴化種和真實物種的比較」。

三・達爾文在一八五七年九月五日寄給美國阿薩・葛雷教授的信件摘錄。

四・華萊士的研究：「從原物種分離形成之永久變異的趨勢」。

華萊士當然沒有出席這次會議，而達爾文也因為其兒子剛過世且在七月一日出殯，未能參加這個會議。從達爾文接到華萊士的文稿到聯名發表，其間不到兩個星期，從這裡我們可以體會達爾文心中的急迫；然而這麼迅速的公開發表，特別是在華萊士不知情的狀況下，仍然顯得有些不尋常。後世一些學者認為達爾文是故意分去了華萊士的貢獻，且自私地想保留發表的優先權；有些學者則同意萊爾和虎克的說明，認為達爾文和華萊士應該同樣享有演化論的創見地位。爭議各自有其道理，但是現今提到了演化論，一般大眾幾乎都只知道達爾文而鮮少提到華萊士；除了因達爾文在一年後（一八六九）發表了其鉅著《物種起源》(*On The Origin of Species*)，深刻闡述了天擇理論的內涵，並足以做為演化學說的代表之外，華萊士特異獨行的個人風格與其晚年涉足靈學和社會運動等行為，亦是使得他常不見容於主流科學社群的一大主因。

無疑的，華萊士在接獲其文稿與達爾文聯名發表後的反應著實令人好奇，不過我們可以從華萊士後來的文章和寫給其他人的信件中看出一些端倪；種種的證據都顯示華萊士對於聯名發表的安排，雖然有些驚訝，但卻十分欣喜他的文章受到了高度關注，甚至覺得想要強化他在「發現演化論」這一成就的那些人是太過火了。華萊士多次提及他非常感謝虎克和萊爾爵士的安排，也很幸運地能在發現天擇理論的地位上立有一席之地。在一八五八年十月華萊士回給約瑟夫．虎克的信中清楚的提到他很感謝林奈學會對於聯名發表的安排，讓他和達爾文獨立發展出來的雷同想法能同時發表。「若達爾文先生慷慨的讓我的文章先他而發表，我會感到非常的內疚，您和萊爾爵士的安排老實已給了我額外的優惠了」。在晚年一篇論及他和達爾文關係的短文中，華萊士也強調他不可能寫出像《物種起源》一樣蒐羅各式證據的鉅著，「如果說我有什麼貢獻的話，我可以算是迫出達爾文完成這本書的功臣吧」。不過華萊士也不只一次抱怨他的文稿在沒有好好修改的情形下就倉促出版，在後來將〈德那第文稿〉收入自己在一八九一年出版的書籍《天擇與熱帶自然》中也註明：「讀者必須記得，這篇文章作者並沒有機會做最後的修改」。

其實就如達爾文在他的《物種起源》一書內文開宗明義的說明，「……遠在馬來群島研究的華萊士先生也得到了和我幾乎同樣的有關物種起源的結論」，這清楚的顯示達爾文認為華萊士「共同發現」了演化的天擇理論。華萊士的謙遜與安於林奈學會的安排，讓這個原本可能會釀成發表優先爭議的大災難消弭於無形。但由於時空的不斷轉變，華萊士的名字愈來愈少在教科書中被提及，其在演化理論上的偉大貢獻也常常被輕輕帶過，甚或完全不被提及，這也算是另一種過與不及的偏執吧。

雖然林奈學會的聯名論文在當時並沒有很快的得到學術界太多的反應，但是在達爾文正式發表了《物種起源》一書後，各式有關演化論的爭辯便風起雲湧地、如野火燎原一般在學術界中爆發開來。

虎克和許多學者都敦促華萊士趕快返回英國，但是華萊士不為所動，在回給虎克的信中提到，「我想你也清楚明白，要一個正在研究巔峰的自然學家離開他最感到有趣的工作，需要很大的說服力」。華萊士在接下來的一八五八至一八六二年期間，依舊在馬來群島各島嶼間採集，直到一八六一年華萊士感到身心都有些疲累而萌生回家之念，於是在結束了爪哇和蘇門答臘最後的採集後，於一八六二年四月回到家鄉英國。

華萊士與達爾文思想上的分歧

剛回英國的前三年，華萊士與他的母親和姊夫一家同住。在剛回國的這段時間裡，華萊士忙於整理他多年來所採集的標本，以及讓自己受瘧疾侵擾的身體恢復健康，因此直到該年夏天華萊士才再次見到達爾文，以及當時其他英國的重量級學者。在此之後，華萊士盡力讓自己再重新適應文明，並與當時的學術界有著頻繁的互動，不管是演講、寫作、標本整理，甚至舉辦個展，生活可謂非常多采多姿。在一八六九年華萊士更出版了其最為後人熟知的代表作《馬來群島自然考察記》(*The Malay Archipelago: The Land of Orang-utan and the Bird of Paradise*, 1869)；從一八六二直到一九一三年過世為止，華萊士一直相當活躍於學術界，平均每年有十三篇的文章或書籍產出，產量可謂十分驚人。儘管如此，由於華萊士一直到晚年才真正得到一份收入穩定的工作，因此他人生中大部份的時間都相當地節衣縮食，並為了三餐溫飽而奮鬥，特別在一八六六年華萊士結婚生子後，生活相當拮据。

對於後世研究者而言，華萊士後來在學術意見上與達爾文的分歧，最主要來自於天擇應用在人類本身的解讀，也就是人類心智的演化。在華萊士的時代，因為缺乏對於神經心理學、基因調控的研究，抑或是文化演化學的瞭解，想要從生物學的角度解決人類心智演化這樣的議題，可說是完全沒有著力之處，靈學或超自然的力量自然成為一個可能的解釋。在當時的學界，支持與反對的聲浪同時存在，支持華萊士的是包含萊爾爵士等保守派的學者；反對的則屬於自由派的達爾文和赫胥黎 (Thomas Henry Huxley) 等。達爾文顯然對於華萊士的「轉變」非常失望，認為他投向了非科學的陣營。

華萊士對於唯靈論 (Spiritualism) 的興趣，其實可以溯自一八六二年剛從馬來群島返抵英國之際。當時歐美學者對於唯靈論研究的熱潮正是方興未艾。很顯然地，在一八六二到一八六五年之間，華萊士在親身經歷了一些靈學的聚會之後便也投入其中。由於唯靈論或超自然現象所碰觸的面向非常廣，所有無法以當時科學解釋的現象都可以算在其中，對於華萊士這種對身邊所有事物都充滿好奇心的人來說，這真可算是十分引人入勝的一種研究。雖然華萊士肯定超自然現象的存在，但是他並不是一般盲目的信徒。華萊士顯然地並不是以一個純粹宗教信仰的角度來看待唯靈論，而更像是希望藉由對唯靈論的研究來瞭解超自然現象。華萊士在一八六九年發表於《*Quarterly Review*》的一篇文章中首次公開的表達他對超靈現象的看法：「**對於我們人類的精神和道德的發展而言，有一種超自然智能設計左右了變異的方向和尺度**」。唯靈論的研究熱度在十九世紀末便已下降許多，且對於現代科學學術界來說，超自然現象的研究幾乎已成為一個禁地，任何膽敢涉足者都會被冠上偽科學家之名。這也是後來華萊士雖然名滿天下，但依然有不少人堅持要和他劃清界線的原因。多數人也認為華萊士對於唯靈論的沈迷，讓他和達爾文漸行漸遠。

對於華萊士以靈學解釋人類的起源，達爾文則在一八七一年發表了《人類起源》(*Descent of Man*) 一書，頗有反駁華萊士論點的味道。其中達爾文解釋人類精神與道德的演化，有很大一部份來自於社會本能 (social instinct)，包含情感表達如愛與同情心等社會行為，而社會本能的起源可以追溯自其他社會型動物的簡單社會行為。另外語言，工具製作等的能力，也在人類適應力上有直接或間接的影響，故仍然遵守演化的規則。達爾文也花了相當的篇幅在這本書中闡述「性擇 (sexual selection)」，以補充天擇理論不完備之處，說明有些特徵不見得和生存直接有關，但可藉由性擇存留下去。華萊士則堅持靈性的發展超乎天擇的解釋能力範籌。

在探討華萊士為何走上與達爾文的分歧之路，歷史學家約翰．杜蘭 (John Duran) 提出了相當精闢的見解。在杜蘭的眼中，華萊士之所以會有許多離經叛道的行為，事實上反映了「**在自然哲學和其對人類社會的期望之思想拔河**」。華萊士出身中低階級，對於社會不公不義之事甚有深切的體會，而基於對科學社群參與的渴望，他一直努力不懈。杜蘭認為華萊士會投入唯靈論懷抱的原因，是因為唯靈論「**能提供一個在演化過程中可以有的明確目標，以及道德、智慧能在其中扮演的角色，並能提供利他作用的社會意義**」，而這些都是華萊士內心渴望、但卻無法從達爾文學說的結論中獲得的。華萊士的最終期望，應該是「**讓人類和社會行為，能更加符合其自然哲學的運作**」。

除此之外，華萊士也不同意達爾文所提出的「泛生論 (pangenesis)」，以及性擇的特殊性。雖然華萊士和達爾文在許多問題上歧見叢生，但在天擇理論上，兩人都相當堅持共同的想法。

在此同時，華萊士也展現了他多元的社會關懷，支持婦女參政權，推動土地改革，反對疫苗的使用等。參與過多的社會運動，也同時讓華萊士在科學界飽受批評；相對於達爾文大部份的時間都在家中專心研究或含飴弄孫，華萊士則顯得太勞碌命了。

華萊士的人觀與宇宙觀

在華萊士的思想體系中，「人」一直佔了最重要的位置，而對華萊士而言，演化的天擇理論和靈學力量乃是「人」之所以為「人」的終極動力。探討人的存在問題由來已久，自亞里斯多德 (Aristotle) 或奧古斯丁 (A. Augustine) 以來，有眾多的哲學家提出各式各樣對於人的理智與心靈發展意涵的討論與辯證，無可否認這是困擾所有人的一個大哉問。哲學與科學發展一直互相影響，有些論證侷限在物理或化學，有些會刻意把人排除在討論之外。在十九世紀初現代科學快速發展的同時，唯物論 (Materialism) 與唯靈論的對立益發明顯，而天擇理論更是常被借來發揮的一個主題。達爾文終其一生都認為人的演化仍然不脫於天擇理論之外，人和其他動物的差異並沒有想像中的大，其不同點只是在程度上的不同而已，各種動物根本的結構是一樣的。但是華萊士顯然有著不同的看法，他仍然同意人是從猿猴類動物演化而來，因為在形態上有各式的證據支持。然而華萊士認為人類心智的演化並無法用天擇理論來解釋，而有另一個超乎天擇的力量影響人類的演化。

華萊士，以及當時許多的科學家對於人腦的結構研究發現，不管是「文明人」或是「野蠻人」，若與猩猩、猴子及其他動物的大腦相比，其大小的差異難以解釋所表現出行為的複雜度。更重要的是，在人類社會中所看到人類的各種複雜行為，比如彈奏困難的鋼琴曲目，繁複的數學運算，思考何謂正義，以及邏輯繽繹和推理等，這些行為對於低度文明的人類而言，實在很難去解釋這些特性有什麼「用處」可藉由天擇的力量作用存留下來。華萊士舉了一個他在倫敦街頭看到的情形，有個智力不足的黑人小孩，雖然失去了視力，但是卻擁有常人難以比擬的驚人音感；華萊士在一八六九年發表在《*Quarterly Review*》的文章中進而言道：「除非達爾文能告訴我，這樣一個潛在的音樂天賦，要如何在適者生存的定律下，對個體或群體在生存競爭中得利；否則我寧可相信應該有超脫於天擇的力量運作其中」。

華萊士分析人類文明與自然變異間的關係中提到，一般自然界族群中的變異都在百分之二十以內，然而人類藝術天賦的差異性明顯遠大於這樣的變異範圍。華萊士進而認為因為與人類相關的獨特性特徵實在太多而且難以用天擇來解讀，人類的演化勢必要有其他的力量來推動。這樣的想法，可以在華萊士一九〇三年出版的《人在宇宙中的定位》(*Man's place in the universe*) 中得到更多的說明。華萊士認為人的存在是宇宙中是獨一無二的，他因為對於天文學和宇宙生源論的興趣，做過不少的研究，雖然因為當時天文物理的進展關係，華萊士對於宇宙或銀河系的構造有不少錯誤認知，但是他強調其他地方要有和地球上的人類一樣的智慧發展，是近乎沒有可能的事。這讓華萊士更加的關心人類的本質與思考未來的走向，綜觀其對於各種社會議題的關注，其入世的做法是很可以被理解的。

在華萊士早期的諸多文章中雖然沒有直指這個力量為何，但由於華萊士投入唯靈論的研究頗深，因此華萊士晚年直指靈力是人類演化的重要推手。如同前面提到，華萊士認為這個動力和天擇是共同在人類作用的。這樣的解釋與「創造論 (creationsm)」仍有根本上的不同，而比較近似「目的論 (teleology)」的說法。華萊士直至晚年依然認為人類的最終演化是具有方向性和計畫性的，而非單獨的天擇理論可以解釋。無論如何，有關人類演化的論述讓華萊士被其他學者貼上學術界異端 (scientific heresy) 的標籤，從此一直難以被主流學術界所認同。

達爾文之後

在一八八二年達爾文過世之後，華萊士成了演化學說最重要的代言者。雖然赫胥黎等人一向為達爾文學說的辯論不遺餘力，但不可否認的，華萊士這位與達爾文共同發表驚世的天擇學說的學者，自然成了演化學說的代表，換言之，華萊士更成為各方質疑演化論者最大的攻擊目標（圖 2）。

華萊士在一八八九年發表了《達爾文主義》(*Darwinism*) 一書。在近乎沈寂了三十年、甚至與達爾文漸行漸遠之後，華萊士選擇跳出來為演化學說做公開的討論。《達爾文主義》一書共分十五章，從第一章物種形成與達爾文的理論，到第十五章探討人類的起源，華萊士嘗試用自己的角度去詮釋天擇理論。除了在人類演化的議題上，華萊士一向被認為是天擇學派，他在其自傳中曾提到，「**在天擇理論的闡釋上，我可能**

比達爾文還要達爾文」。華萊士認為達爾文在演譯天擇學說時常常過於保守，沒有對自己的理論堅持到底，因而又提出性擇，雌性選擇這種另類學說。相較於達爾文的《物種起源》，華萊士的《達爾文主義》更強調個體生存競爭在天擇中的重要性。在華萊士的晚年，從沒有受過正式教育的他，獲頒了幾個重要的學位和獎項，包含一八八二年都柏林大學榮譽法學博士，一八八九年牛津大學民法榮譽博士，以及一八九三年成為皇家學會會士。

華萊士在一九一三年辭世，但華萊士與達爾文的交錯人生卻未劃下句點，仍持續交互激盪於後世。

參考文獻

Shermer, M. 2002. In Darwin’s shadow: the life and science of Alfred Russel Wallace. Oxford University Press.

Wallace, A. R. 1903. The dawn of a great discovery (my relations with Darwin in reference to the theory of natural selection. Black and White 25

FIG. 62.—Funeral of Charles Darwin, Esq., in Westminster Abbey.

圖 2 達爾文的葬禮

（圖片來源：Wellcome Library, London）

華萊士線畫下的壯遊印記

—— 黃文樹・林登秋

山海經云：「地之所載，六合之間，四海之內，照之以日月，經之以星辰，紀之以四時，要之以太歲，神靈所生，其物異形，或夭或壽，唯聖人能通其道。」

神話可能是古人的想像，但也不總是空穴來風，由現代科學的眼光來看，地球環境繽紛多樣，孕育出各種形態殊異的生物，又何嘗不是呼應著神話中的低吟淺唱？

阿爾弗雷德・拉塞爾・華萊士（Alfred Russel Wallace）解開了宇內之內最難解的謎題——生物的起源、演化與分布，就像那位泰坦大神普羅米修斯自奧林帕斯山偷下了火種，在科學界點燃了一盞耀眼明燈。而他在臺灣東南亞對生物的觀察所留下的華萊士線，是青年壯遊的傳奇，也是生物地理學最瑰麗的篇章，在他逝世百年後的今日看來，仍然充滿啟發，仍然令人心嚮往之！

所謂的惡地，是指那些植物難以生長，土壤嚴重侵蝕，岩石峥嶸裸露的地景。臺灣有兩種惡地，一種是由第四紀洪積礫石層所形成，因為該岩層疏鬆，容易崩塌，如三義一帶的火炎山，即是因為赤裸的礫石層在夕陽下映出一片紅艷如燃，故而得名；另一種則是源自泥岩獨特的性質，其生成年代約在二〇〇到六〇〇萬年前，岩層幾乎由細粒徑顆粒所組成，質地細緻，乾燥時堅硬不易透水，土壤與岩層暴露而易受侵蝕。

還記得首次見到泥岩惡地，青灰色的泥岩彷彿巨大的獸爪，由地底洪荒深處刺破地表，怒指天際，爪上飾滿由蝕溝、雨紋交織成的神秘圖騰，置身其中，恍若墮入一個遺世荒蕪的世界，頗震攝人心，在這樣的環境下，一般的植物難以生長，更不用說是普通作物了；不過，仍有少數植物能夠突破這種困境，在看似貧瘠惡壤中攻城掠地，恣意繁衍，而其中的箇中翹楚莫過於銀合歡。銀合歡就像絕世的武林高手，身負各種絕藝，不但突破泥岩惡地的障礙，也處心積慮排除對手的競爭，例如它具有耐旱、耐鹽的特性，在許多貧瘠的土壤中均能生長，而且它有根瘤，能增加土壤肥力，更重要的是其根部與枝葉均會產生含羞草毒素，對其他物種的種子或小苗具毒他作用 (allelopathy)，意即抑制其他物種的萌芽與生長，卻不影響到自己的小苗，因此能快速度地拓展領地。

銀合歡在惡地上繁衍的時間已久，早期物資不豐的年代，人們採集它的幼枝嫩葉與豆莢，作為牛、豬、羊等牲畜的飼料，近年則因玉米飼料的進口，牲口較少採用銀合歡餵食，卻意外地造成銀合歡在野地裡的數量大增，許多休耕田地或是坍塌坡地等，均被銀合歡純林覆蓋。

說來諷刺，銀合歡並非臺灣本地物種，其原產於中南美洲，學名 *Leucaena leucocephala*，屬於豆科 (Fabaceae)、含羞草亞科 (Mimosoideae) 中的銀合歡屬 (*Leucaena*)，於十七世紀中葉由荷蘭人引進，俗稱白相思子、白合歡、臭菁仔、細葉番婆樹等。在五、六〇年代因造紙等用途，又多次引入不同的品系，然而隨著臺灣產業結構變遷，銀合歡的利用價值下降，加上疏於管理，使其由於氣候等環境條件適宜且競爭力強，因而成功地在臺灣落地生根、開枝散葉；不僅南臺灣的泥岩惡地區，舉凡河灘地、拋荒農田、海濱鹽地，都能見到銀合歡的身影，成為目前臺灣棘手的生態環境問題，例如墾丁國家公園就為了銀合歡而傷透腦筋。

從演化的觀點來看，銀合歡的生存策略無疑是成功的，但若無人類的推波助瀾，銀合歡也難以遠渡重洋，由新大陸來到遙遠的東方蕞爾小島。在沒有人為運移的年代，生物的生存範圍具有地理區域上的限制，因此各地的物種組成不盡相同，呈現出宛如百花齊放、各擅勝場的繽紛奇景，無怪乎生物學家對於新物種的探索，與了解其生態特性、地理分布等的興致，就像是十五、十六世紀大航海時代的探險家們對於新島嶼或新大陸的發現一般，有著無法言喻的狂熱。

阿爾弗雷德．拉塞爾．華萊士就是這樣一位在歷史上聞名的英國生物學家，他曾兩度前往熱帶地區旅行並採集標本，第一次是在一八四八到一八五二年間，與英國的昆蟲學家亨利．貝慈 (Henry Walter Bates)，前往南美亞馬遜流域採集生物標本，但這次旅行對華萊士而言並非一趟成功的探險，直到一八五四年春，他再度啟程前往東南亞，深入現在的印尼與新幾內亞間各群島探險，歷時八年，這趟旅程讓他採集到許多珍貴的物種標本，他便根據這次旅行，寫下《馬來群島自然考察記：紅毛猩猩與天堂鳥的原鄉》(*The Malay Archipelago: The Land of Orang-utan and the Bird of Paradise*, 1868) 這本經典名著，從書中的部分敘述中，便可了解在惡劣不便的旅行條件下，他仍然能因為捕捉到一隻罕見的蝴蝶而感到欣喜：

「……我好運高照地捉到一隻世界上公認最華麗的昆蟲之一——大鳥翅蝶。當牠曼妙地飛近時，我不禁興奮地發抖，更無法相信一網罩下就手到擒來；我從網中將牠取出，仔細端詳那橫幅達七吋的天鵝絨般烏黑色與燦綠色雙翅、金黃蝶身及猩紅色胸部，一時陷入失魂狀態。我還記得在國內的標本相中看過類似的昆蟲，但親手捉到這種昆蟲時，那種感動又是另外一回事……那一晚，在稱作多波的村子內，至少有一位心滿意足的人。」

或許就是這般異於常人的熱情，讓華萊士支撐過旅途中各種的困頓，甚至在染上疾患、面對生死交關之際，仍能定下心來整理所採集到的標本，並進行詳細且完整的記錄；這些研究材料，讓他得以和達爾文齊名，在科學史上同被尊為演化論創始人。事實上，華萊士早在前往亞馬遜流域進行第一次旅行之前，便曾寫信告訴他的朋友貝慈，他最主要的興趣即是透過了解物種的分布與物種間的差異，來解決生物學上最根本的問題——物種起源，而這一目的等到他展開馬來群島的旅行之後，才得以實現[1]，且讓他在生物地理學上更留下旁人無可撼動的功績。

我們大概可以這樣想像，一八六三年雖然已來到小冰期 (Little Ice age) 的尾聲，可倫敦的天氣一如往常般冷濕，鎮日霧鎖泰晤士河。去年才剛結束馬來群島旅行的華萊士，帶著已經習慣熱帶天候的身體，信步在倫敦街頭。他應該感到些微的不適，幸好他的經紀人史蒂文斯先生妥善處理他在旅途中所寄回來的標本，並幫他做了良好的投資，使他能擁有一筆豐厚的收入，短期之間將不會苦於經濟問題，再加上能夠返抵家鄉，那種能與親人相見而安適的心情，都安撫了他在漂泊旅途中面臨動盪而疲憊的心。這時的華萊士做了不再旅行的決定，並打算將自己的研究成果整理發表在相關學會刊物上，希冀能夠以未受過正統學院訓練的背景，躋身學術殿堂。所以就在這一年，他向倫敦皇家地理學會提交了一份研究論文，並在經過審查後登上了在皇家地理學會會刊。

這篇文章的題目是〈馬來群島的自然地理〉(On the Physical Geography of the Malay Archpelago, 1863)，該文章中的一幅地圖，在學界投下一顆震撼彈，所激起的漣漪僅次於一八五八年於林奈學會和達爾文一同發表的論文所造成的影響，且迄今仍餘波蕩漾。這幅首次發表的地圖上，繪有明確分隔東洋與澳大利亞區生物相的界線[2]，他針對馬來群島的物種在地理空間上的分布，提出一重要的假說，即在東洋區與澳大利亞區的動物相之間存有一條無形的界線，這條界線約略穿過現今的峇里島與龍目島、婆羅洲與蘇拉威西之間，在他的《馬來群島自然考察記》遊記中，特別提到這個特殊現象：

「如果我們看一看整個馬來群島的地圖，爪哇到帝汶島之間這成串密布的群島，在物種上似乎不大可能出現差異。事實上，其間氣候與地理上固然有種種差異，但這些差異並不符合博物學家希冀的劃分法……這些氣候與地質上的差異並不符合物種上的顯著變化，因為這種變化是發生在分隔龍目島與峇里島的龍目海峽；此外，這種變化的數量繁多，性質上也很重要，可說是全球動物地理學的一大特徵。」

這個說法至今仍廣為生物學界認可，故後人稱這條線為華萊士線（Wallace's line）（圖1），更把華萊士尊稱為生物地理學之父，然而這條看似涇渭分明的界線，卻讓後續的生物地理學家彷彿遇見一生中的摯愛，紛紛為之而瘋狂，因此曾有學者評論道，或許沒有一個生物地理學上的主題，能夠像區隔東洋區和澳大利亞區的華萊士線一樣，被討論的如此熱烈與廣泛[3]。

也許就是因為生物的演化與移動是如此的活躍，討論華萊士線假說的問題就一一呈現，例如兩個不同區域的生物，其分布界線是否也真的能像政治上的國界一般被完美而明確的定義出來？如果答案是肯定的，則這條界線是不是如同華萊士所劃設的？又或是存有比華萊士線更具說服力的分隔線？相對地，如果答案是否定的，則這條生物的分界線將不是明確的，而是漸進、模糊的，而這個分隔界線將可能是個帶狀過渡區域。

於是乎，生物地理學者前仆後繼地前往華萊士口中的馬來群島，希望能夠以華萊士線為基礎，尋找出一條更具說服力的界線，用以解釋東洋區和澳大利亞區生物相的演化；雖然後續的研究成果，從學術成就的眼光來看，僅算是差強人意，因為這些後來劃定的界線，都無法撼動華萊士線的地位，都只能算是華萊士線的修正版，不過也確實有助於完整了解兩大地理區的生物分布狀態。

在這些華萊士線修正版中，較為重要且常被人所提及者，有赫胥黎（Huxley's

line)、萊德克線 (Lydekker's line)、韋伯線 (Weber's line)(圖 2)等。值得一提的是，這些界線的提出與定義，經常是累積許多學者研究的共同結晶，而非單一學者單打獨鬥所得的結果[4]。

---

1 有關對於華萊士探討物種分布與提出華萊士線的因緣及過程，Camerini, J. R. 曾從科學史的角度發表過相關的論述，可參考 Camerini, J. R. 1993. Evolution, Biogeography, and Maps: An early history of Wallace's Line. Isis, 84(4): 700-727。

2 同註 1。

3 有關華萊士線與類似生物地理分區界線的回顧性文章，可參考 Simpon, G. G. 1977. Too many Lines; The limits of the oriental and Australian zoogeographic regions. Proceedings of the American Philosophical Society, 121: 107-120.

4 同註 3。

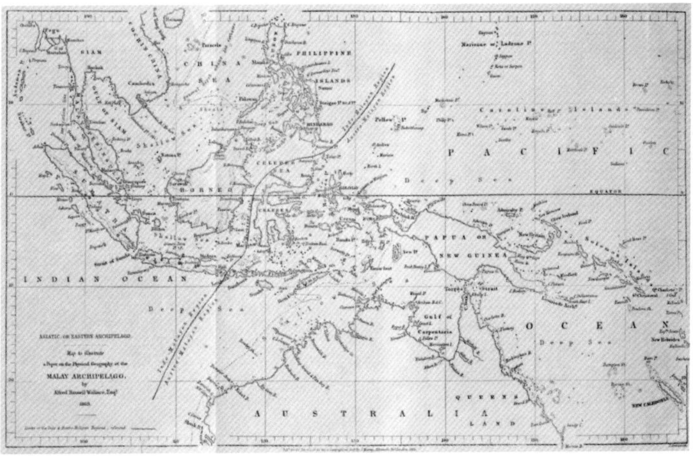

圖 1 傳統華萊士線

（圖片來源：A. R. Wallace Memorial Fund & G.W. Beccaloni）

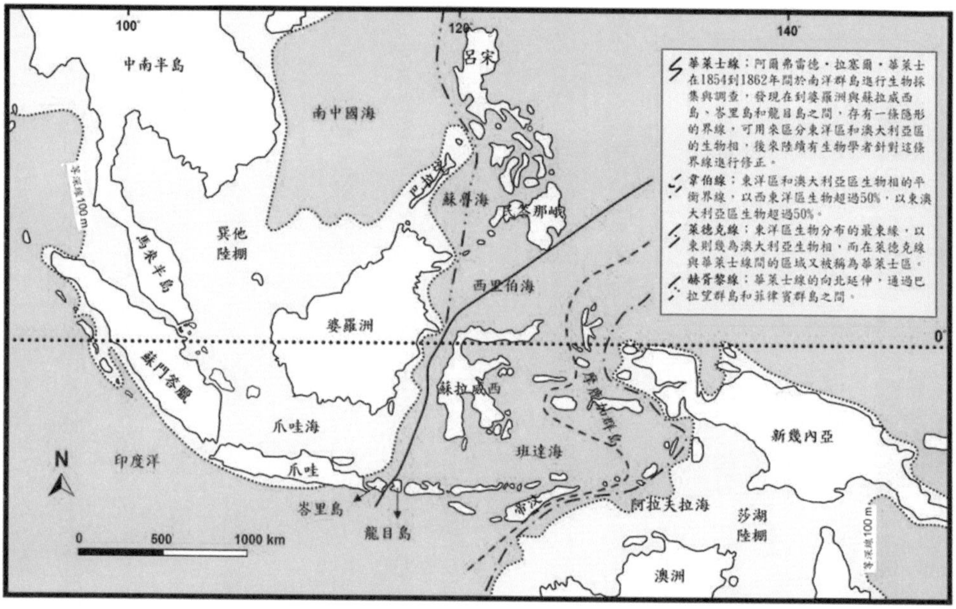

圖 2 華萊士線與其它重要的生物地理界線

資料來源：本圖主要參考 Simpon (1977)[9]、Moss 和 Wilson (1998)[10] 等人的研究，並主要改繪自 Moss 和 Wilson (1998) 所提出來的分布圖。

赫胥黎線是生物學者赫胥黎（T. H. Huxley）在一八六八年所提出的，他當時所採用的名稱仍是華萊士線，他認為華萊士線可向北延伸經過蘇魯海、菲律賓群島西側，然後通過臺灣與呂宋島間的巴士海峽，然華萊士本人從未接受這種說法，所以後來的學者則將這條界線改以赫胥黎本名來命名，到了二十世紀初，日本博物學家鹿野忠雄考察了蘭嶼的生物分布，認為這條赫胥黎線應通過臺灣與蘭嶼之間，成為探討臺灣生物地理分布很重要的一項議題。

萊德克線則是英國博物學家（R. Lydekker）在一八九六年透過劍橋大學出版的著作《哺乳動物的地理史》（*A geographical history of mammals*, 1896）中所提出的概念，後由他的學生以他的姓氏為這條界線命名，作為東洋生物相分布的最東界；這條界線以東幾乎純以澳大利亞生物為主，而後來的地質研究也顯示，這條界線約略符合澳大利亞與新幾內亞在冰河時期出露之莎湖陸棚（Sahul Shelf）西疆邊緣。此外一些生物學者也發現，在華萊士線和萊德克線中間的區域，可稱得上是東洋與澳大利亞兩大生物相的過渡帶，故又將此區域命名為華萊士區。

相對於前述兩條界線，韋伯線的誕生史就比較坎坷，雖然這條界線的提出最早可追溯到德裔丹麥籍的生物學家韋伯（Max C. W. Weber），但他在一九〇二年時，乃是以淡水魚類分布為基礎所提出的，並非一般意指的動物相。兩年後比利時生物學家佩森尼爾（P. Pelseneer）修正韋伯的說法，提出「La ligne de Weber」，其認為這條界線可以作為東洋生物相和澳大利亞生物相的分界線，惟此一看法仍是基於水生動物，而非華萊士線等以陸地動物的分布為主。直到一九四四年，德裔美籍演化生物學家邁爾 (E. Mayr) 發表他的研究成果[5]，認為這條界線較貼近真正的東洋區和澳大利亞區的生物相分界，因為在這條界線以西，東洋區生物物種數量超過 50%；以東，澳大利亞區生物物種數量超過 50%，邁爾稱之為動物平衡 (faunal balance)。

不過，我們現在已經知道，想要了解生物的地理分布以及起源，單純地尋找分布的界線很可能會淪為一件徒勞無功的事情。因為在地球系統中，一個生物圈除了自身的作用力外，也不停地和其他環境圈進行交互作用，所以要解開這個問題，就好像面對神話中人面獅身的斯芬克斯所提出來的謎題般棘手，一來必須先認識群落中，各種生物的行為與演化特徵，再來則需要釐清環境因子與生物之間的關聯性，並結合古環境變遷的歷史。

事實上，華萊士是一位相當優秀的觀察家，在八年的旅途中，他除了採集各種生物的標本外，他也對地質、地形與民族人種等現象，做了深入的觀察和記錄，例如對於氣候環境轉變與山地植物的分布之間的關係，他在爪哇島上做了十分出色的描述，可從《馬來群島自然考察記》中略見一二：

「登山時，我們在不過是三千呎的高度就遇到了溫帶的草本植物……在兩千到五千呎之間的高度，森林與山谷都披覆著極為茂密的美麗熱帶植物……大約海拔五千呎處，我首次見到木賊屬植物，模樣類似英國種。六千呎處，有許多覆盆子，再往上到峰頂，共有三種可食果子的覆盆子屬植物。到了七千呎高度，柏類出現了，而林木開始變得矮小，有更多樹上生長著苔蘚與地衣。再往上，苔類植物大量增加，完全遮蔽了組成山坡的大塊岩石與火山渣。……約在海拔八千呎處，歐洲形態的植物變多了，四處繁生數種忍冬花、金絲桃與歐洲莢蒾；約在九千呎高度，我們首次遇到一種稀有美麗的報春花，據稱這種報春花除了這孤寂荒涼的山頂外，全世界再無他處可尋……」

其次，對於解釋形成物種地理分布的原因，他從生物演化、古氣候與地質構造的變動等不同的層面，提出了數種可能假說。雖然這些說法以目前的觀點來看，仍可發現許多瑕疵，也缺乏明確而直接有力的證據，然就當時的學術發展而言，已是相當大膽且前衛的看法，我們可從他的遊記《馬來群島自然考察記》不同的篇章中，尋覓到蛛絲馬跡：

「爪哇的諸多生物中有個特點格外令人困惑，就是若干種或族具有暹邏或印度地區的物種特徵，卻又未分布於婆羅洲與蘇門答臘……這種難解的現象僅能用以下的假設來解釋：在爪哇脫離之後，婆羅洲幾乎完全下沉，而再隆起後曾一度與馬來半島及蘇門答臘相連，卻與爪哇或暹邏隔離。凡地質學家都會認為此處所呈現的地理變化是可以想像的，因為他們都知道地層會褶曲與傾斜，且升沉常輪替發生……」

「上述的哺乳動物（指的是帝汶島）都不是澳洲種，也都與澳洲種無親緣關係，這事實足以證明帝汶島從未是澳洲一部分的說法，否則帝汶島上毫無疑問必有澳洲的一些大袋鼠類或其他有袋動物。但少數幾種哺乳類動物又確實分布在帝汶島—特別是虎貓與鹿—這點倒是很難解釋。不過，我們必須考慮到，在數千甚至數十萬年來，這些島嶼及島嶼間的海洋曾有一度屈服於火山的威力下，陸地數次升降，海峽寬窄多變，許多島嶼可能曾經相連又再度分離……」

另外，華萊士從觀察的結果，也推論因為地質作用所造成的地理性隔離，若經歷的時間夠久，縱使原來是相同的物種，也將會演化出獨特的生物特徵。這樣的觀點，在目前的生物地理學中已是相當基本的概念，但在當時則應該屬於相當新穎且突破傳統的觀點，例如他曾這樣寫道：

「蘇門答臘、婆羅洲、爪哇和亞洲大陸間的關係同樣再明白不過了；它們擁有許多相同的大型哺乳類動物、陸棲鳥類及爬蟲類動物，至於親緣種[6]則數量更多。根據地質學，在同一地點有親緣種出現，表示時間上的差異，因此我們可以推論，英倫三島的每一物種既與歐洲大陸幾乎完全相同，理論上兩者的分離時間當是很近期的事；而蘇門答臘與爪哇都有相當數目的大陸親緣種，兩者與大陸分離的時間就比較久遠。」

---

5 E. Mayr 的研究成果，可參考 Mayr, E. 1944. Wallace's line in the light of recent zoogeographic studies. *Quaternary Review of Bology*, 19: 1-14。

6 親緣種：在親緣關係樹中，占有分枝末端一群具有共同祖先的個體組成，而與其他的分支末端中的個體有明顯的區別。

因此，在華萊士的調查研究過程中，他已經深刻的體會到，地質作用與古環境的變遷，對於解釋生物的起源與分布，是一項相當基礎的工作，他曾在遊記中下了這樣的結論：

「從這些例子我們可以得知，研究動植物的地理分布，在決定地球表面的過去狀況上，對於地質學證據的確是重要的補充……」

然而，當時的人們所觀察到的地質作用，不外乎是毀滅性火山帶來的死亡與新生，或是區域地層的隆起與沉陷，又或是冰河勢力的消長等，尚無法真正掌握地球本身既複雜又活躍的運動，因此在生物地理上的詮釋便顯得礙手縛腳，這情形就像是欣賞日出一般，天已稍明，然東方天際仍然籠罩著一層雲紗，晨曦依然幽微難辨。這個情形要一直到邁入二十世紀，隨著新的觀測技術與定年工具的發明，才得以破雲而出，展露曙光。

引領的第一道曙光是阿爾弗雷德．韋格納 (Alfred Wegener)，但也許是經歷太久的黑暗，人們普遍無法接受這麼領先時代的觀念，認為他的說法不啻是種激進且天馬行空的想像。韋格納是德國的氣象學家兼地球物理學家，他在一九一五年撰寫了《大陸與海洋的起源》(*Die Entstehung der Kontinente und Ozeane*, 1922)，書中他提到一個重要的概念，那就是大陸會「漂移」，亦是今日我們所熟知的「大陸漂移學說」。

韋格納主張地球曾經存在過一塊超大陸，稱之為盤古大陸 (Pangaea)，在中生代時期（莫約兩億年前），盤古大陸碎裂成較小的陸塊，經歷數百萬年後，這些陸塊慢慢地漂移至現今的位置；他進而蒐集許多證據，如地層、化石與相關文獻記錄等來佐證他的看法，重要的有四項：

一、若將各洲大陸從地圖上剪下，將可完美的拼湊在一起。

二、在中生代的化石中，如中龍 (*Mesosaurus*)、舌羊齒 (*Glossopteris*) 等化石的分布，可跨洲連續分布，而這些生物在當時幾乎不可能渡過現今的大洋。

三、兩億多年前的古老地層與山脈，亦有跨洲分布的現象，例如北美阿帕拉契山脈，其岩石年代與地質構造，都和加拿大紐芬蘭島、不列顛群島、和北歐的斯堪地那維亞山脈相當，若將大陸拼湊在一起，則前述的山地可串聯成一連續的山脈。

四、從許多古生代冰河作用遺跡的發現地點，以及冰河在岩床上留下的刮痕等現象，都指向南美、非洲、澳洲和印度等大陸南部，與南極大陸相連時，位置很接近現在的南極，如此才能形成古生代地層中廣泛分布的冰河遺跡。

然而這樣的主張卻有一個最大的弱點，即在於韋格納無法回答一個關鍵的問題，究竟是何種力量驅動大陸漂移？這個問題的解答一直等到了一九六〇年代，當聲納技術與海底鑽探技術開始有所進展後才正式被解開，而科學界方重新給予韋格納應有的評價和殊榮。證實韋格納說法是正確的學者，首位登場的是哈利．海斯 (Harry H. Hess)，他累積了許多海底觀測的資料，在一九六二年發表的論文〈海洋盆地的歷史〉(History of Ocean Basins) 提出「海底擴張學說」，海斯發現中洋脊（即位於海底的巨大裂縫、狹溝）附近的海洋地殼較年輕，越遠離中洋脊的地殼越老，同時沉積物也較厚；此外海洋地殼出現地磁異常的記錄，也以中洋脊為中心兩側對稱分布，更重要的是他也找到地殼的隱沒帶——海溝，因此他認為海底地殼正在張裂。

之後，在海底擴張學說的架構上，自一九六五年起由一連串的海洋地質學者接力，逐一拼湊出一幅完整的圖像，最後在一九六八年由美國地球物理學家威廉·傑森·摩根（William Jason Morgan）集其大成後正式提出，「板塊構造學說」於焉登上舞台，成為解釋地球歷史與地質作用的這部萬年巨作中最耀眼的明星。根據板塊構造學說的說法，地球的表層為一堅硬的地殼，稱為「岩石圈」，其會碎裂成數十個大小不一的板塊，而岩石圈的下方屬於上部地函，因高溫、高壓故具有可塑性，稱為「軟流圈」。它會在地球內部熱傳導所引發的熱對流作用下，而緩慢的移動，因此帶動上方的板塊活動，在中洋脊處分裂、擴張形成新物質，在海溝處將舊物質隱沒、消熔，再度回到地球內部[7]。

---

7 若想要深入了解大陸漂移學說、海底擴張學說與板塊構造學說的內容，可參考 Lutgens, F. K., E. J. Tarbuck and D. Tasa. 2011. Foundations of Earth Science. 6th ed. NJ: Person Prentice Hall. 一書，其有相當深入淺出的介紹，目前已有中譯本，書名「觀念地球科學」，由天下文化出版。

這樣的驅動力創造出火山、地震、褶曲山脈、島嶼等多樣的地形景觀，甚至會改變大陸的位置與山脈的高度、洋流流向、以及陸地對太陽輻射的吸收率與反照率等，這些改變將進而使地球的大氣運動發生天翻地覆的影響，創造出各種氣候型態。例如印度次板塊撞上歐亞大陸板塊，使喜馬拉雅山與青藏高原隆升，同時改變了亞洲環流系統，形成目前的亞洲季風氣候。另外高山的形成，也使得平地與山區出現不同的氣溫和降雨條件，這些現象均深深地影響到生物的地理分布。

此外，太陽的活動、地球本身的行星物理運動等，也會改變地表所接收到的輻射量，進而造成長期氣候變遷。例如近數十萬年來，學者從極區冰芯、大洋沉積物與有孔蟲化石的氧同位素記錄中發現，地球的氣候有一個冷暖交替的規律性擺盪，其週期莫約十萬年，而在大的週期中，還可發現小型的冷、暖交替週期變化；不過，這個現象最早是由塞爾維亞的數學家米盧廷．米蘭科維奇 (Milutin Milanković) 透過數學理論與運算的方式，指出地球在行星運動過程中所產生的週期性變化，會影響到太陽入射的能量，進而對冰河期與間冰期的形成產生決定性的影響，後人稱之為「米蘭科維奇週期」。後來的地質學者根據此一成果，成功地發現野外記錄和這個週期之間，在過去的數十萬年裡，具有極高的一致性。

冰河期與間冰期等如此極端的氣候變化，不僅地質學者發現其能改變地形與地質作用等古環境，生物學者也意識到這樣環境的變化也促使生物遷徙、改變分布，並走向分歧的演化途徑。因此，華萊士當年在馬來群島的疑惑，即對於各島嶼上的動物如何演化、傳播，經由搜腸枯腦所得的跛腳解釋，若能藉由現今對古地質環境的認識，將能輕易地解答他的疑惑；由圖二可以發現，華萊士所劃的界線，莫約與巽他陸棚東緣相符，而在上次冰盛期（約一萬八千年前），全球海準面下降約一百公尺以上，則巽他陸棚可說是全部露出水面，將廣大的亞洲大陸的範圍延伸到婆羅洲、爪哇等島嶼，也因此生物能夠遷徙到目前的島嶼，不受現今大洋的阻隔。

臺灣孤懸於亞洲大陸東側海面，與大陸之間一衣帶水，這個海峽寬超過一百公里以上，對多數不會飛翔的陸生生物來說是一具有高度屏障效應的阻隔，然而在前次的冰河期中，臺灣海峽出露，臺灣與亞洲大陸相連，因此現今臺灣島上的生物和大陸地區具有很高的親緣關係。不過兩地分隔已有一段時間，臺灣島上的生物已逐漸走向歧異的演化道路，再加上臺灣又地處板塊邊界，受菲律賓海板塊和歐亞大陸板塊碰撞之故，誕生了許多獨特的地形，配合氣候條件，創造出多樣的棲地，讓臺灣島擁有高度的生物多樣性，以及數量豐富的特有生物。若是當年的華萊士向北旅行抵達臺灣，或許將會把臺灣列入他心目中理想的生物寶庫。

諷刺的是，華萊士雖然是位出色的生物學與博物學家，可他的兩次旅行都依賴採集生物標本為生，在獵取特殊的生物上，他可是毫不猶豫，在《馬來群島自然考察記》的記述中，部分段落讀來實在怵目驚心：

「六月十八日，我又有一次成功的狩獵紀錄，獲得一隻成年雄猩猩。……我發射了兩發子彈，這隻動物才鬆開手，但牠先用單臂懸在樹上好一會兒才臉朝下仆倒落地，身體一半埋入濕泥。牠躺在那裏呻吟喘氣了數分鐘，我們貼近站著，指望每次呼吸就是他最後一口氣，突然，牠猛然掙扎爬起，……我連忙再發射一槍，這發子彈穿透牠後背解決了牠……」

幸好，他的採集是有限度的！但是著名的英國旅遊冒險文學家提姆・謝韋侖（Tim Severin）曾在一九九六年組織了一支探險隊，打造一艘華萊士時代的馬來帆船—普拉胡，以四個月的時間，仿照華萊士的路線探索摩鹿加群島，重訪華萊士當年曾路過的島嶼與居住其上的生物，看看牠們是否依舊無恙[8]？然而結果是令人洩氣而悲傷的，謝韋侖等人發現，在這些群島上的生物飽受捕獵、森林砍伐、汙染等人類活動的威脅，並面臨著滅絕的危機；這意味著華萊士當年所經歷的美好年代，正逐漸地褪色、消失。

相較之下，臺灣亦沒有比較幸運，雖然臺灣生物多樣性高，特有種豐富，而且近來狩獵與森林砍伐等現象已減少許多，可是環境汙染、山坡地開發、天然災害等，都持續地造成環境品質的惡化；環境負載力下降，甚而使生物棲地破碎、縮小，都壓縮

8 關於這趟旅程詳細的記錄，可參閱提姆・謝韋侖著，廖素珊譯（1999）香料群島之旅——追尋天擇論幕後英雄華萊士。台北：馬可孛羅。

了生物得以存續的空間。此外，近百年來由於溫室氣體排放量的增加，造成地球逐漸發燒，也導致了極端的天氣現象與災害等環境現象變得更加無法預測，也因此人們難以預料這些現象可能會引發的後果，更遑論對生物棲地與生物演化的影響。像臺灣這樣小而海拔變化大的島嶼，多數生物棲地範圍相當窄小，因此面臨棲地的破壞，回復力將是一大考驗，甚者將可能無法復原，造成永久性的損害。

同時，正當我們驚訝於銀合歡在泥岩惡地上所展現的旺盛生命力時，它正逐步地壓縮臺灣本地物種的生存空間。雖然並非每一外來種都對當地環境產生危害，然而如銀合歡、福壽螺、小花蔓澤蘭等惡名昭彰的外來物種，在臺灣引發的問題相當嚴重，除了造成農、漁業上的收獲減少等經濟上的損失之外，由外來物種對本地物種所進行的掠食、競爭與排擠、疾病的傳染、親緣雜交降低基因多樣性等生態上的衝擊或許更甚！

這一切的始作俑者，矛頭均指向人類，是人類加速了生物的擴散與移動，讓原本自然力緩慢作用的現象，壓縮在極短的時間內完成，結局便是走向無情的混亂，華萊士在調查與採集天堂鳥的時候，曾經寫下過一段個人的感嘆，如今看來卻顯得他宛如先知般能洞燭先機：

「……萬一文明人抵達這些偏遠的島嶼，而將道德、學術與物理知識帶進這片幽深的處女森林中時，我們幾乎可以確定，文明人將破壞自然界有機與無機間原本良好的平衡關係，即使只有他能欣賞這種生物的完美結構和絕倫之美，卻將會導致牠消失和滅絕。」

我們希望文明是帶來幸福而非滅絕。人類是地球上命運交纏的眾多物種之一，絕對無法獨立於其他生物之外、單獨地存續在地球之上，因此人類必需不時省思人種與其他物種間的關係，若一味以過去征服的方式對待其他生物與自然環境，一不小心則可能戕害了自己賴以為生的微妙生物系統。

時代的巨輪無聲又迅疾地碾過一段又一段歲月，那個以蒸氣為動力，人類對自然環境充滿自信與征服優越感的年代早已杳然湮沒在歷史的黃沙中，現代的我們擁有比以前的人們更先進的科技，理當能面對更複雜的問題，並有能力去改變更加棘手的環境問題，以及更快的速度抵達我們所嚮往的目的地；然而佇立在歷史的最前緣，前方至今仍然一片闃黑，代表著這些科技並沒有真正幫我們解決所有的問題，甚至可能創造出更多的問題，所以在接下來於黑暗中摸索的旅程中，為了能夠不迷失在人類的驕妄自大，為了指引科技與文明的方向，我們是有理由該惶誠惶恐、戒慎恐懼的。

一百五十餘年前，當時的華萊士正乘坐著一艘普拉胡，吃力地航行在摩鹿加群島之間的海面上，因為逆風、潮流，讓他和他的船員們深受折磨，夜裡僅有月光伴隨濤聲，周遭是一片廣袤的大海與蒼穹，面對這樣的無助與孤獨，我們可以猜想他的心情是憤怒、無奈與恐懼的，可他卻沒有因此而放棄，終究留下足以讓我們能夠更謙卑、更謹慎的資產。

百年再看華萊士

哲人日己遠，典型在夙昔。華萊士以無比的好奇心和做為一位科學家最重要的資產——敏銳的觀察力，在生物繽紛多樣的東南亞，歸納出生物分布的特徵，並嘗試提出解釋。他對於釐清生物地理學上一個核心而根本的問題——「什麼樣的生物出現在什麼地方？原因為何？(who lives where and why?)」所提出的假說，是極為大膽而前瞻的。華萊士率先為東亞與澳洲之間生物分布的型態做出歸納提出假說，啟迪了諸多生物地理學者後續的研究與修正，也在生物地理學的發展上留下精彩而深刻的一頁，生物地理學之父當之無愧。

華萊士留下的資產不僅在於其演化論與生物地理學上的成就，他對自然研究單純的動機與幾無保留的投入，更令人心嚮往之。閱讀他看到天堂鳥時的悸動，初嚐榴槤獨特的百般滋味時深刻又無偏見的描述，我們彷彿可見一位充滿熱情、好奇而心胸開闊的青年躍然於紙上。華萊士逝世百年，英國將其四千五百份書信放置在網路上，其中也包含他和達爾文對於自然選擇的討論，透過這些書信，世人終有機會瞻仰紀錄著華萊士的自然觀察、前衛思想與狂放熱情的第一手資料。

---

9 同註 3。

10 Moss, S. J. and M. E. J. Wilson. 1998. Biogeographic implications of the Tertiary palaeogeographic evolution of Sulawesi and Borneo. Hall, R. and J. D. Holloway eds. Biogeography and Geological Evolution Of SE Asia. UK: Backhuys publishers. pp. 133-163.

植物世界的地理歷史和因緣

——鍾國芳

阿爾弗雷德．拉塞爾．華萊士 (Alfred R. Wallace, 1823-1913) 一生傳奇，他在馬來群島寄給達爾文的那封信與其天擇理論的稿件自此改變了人類與自然的關係，而《馬來群島自然考察記》的採集探險故事和《動物的地理分布》、《島嶼生命》等三本鉅著則樹立了他生物地理學之父的地位。然而在十八、十九世紀時，西方科學界對植物的認識遠較動物更深入，許多植物學者在生物地理學發展的早期歷史扮演了極為關鍵的角色，認識這段歷史有助於我們瞭解生物地理學在人類科學史上的意義，是我們在紀念華萊士逝世一百周年時不該遺忘的。

物種分布之謎

西元一八三九年九月三十日，甫由格拉斯哥大學 (University of Glasgow) 醫學院畢業、年方二十二歲的約瑟夫．虎克 (Sir Joseph D. Hooker, 1817-1911) 以助理船醫兼隨行植物學家的身分登上幽冥號 (HMS *Erebus*)，與姊妹艦驚恐號 (HMS *Terror*) 同在詹姆士．羅斯爵

士 (Sir James C. Ross, 1800-1862) 所率領的英國皇家海軍船隊揚帆南半球，展開史稱「地磁遠征 (Magnetic Crusade)」，旨在精確量測南極海地磁與海岸線以重振大英帝國科學地位的任務。約瑟夫的父親是時任格拉斯哥大學教授 (1821 —)，並在一八四一年接任皇家邱植物園 (Royal Botanic Gardens, Kew) 首任正式園長的著名植物學者威廉・虎克 (Sir William J. Hooker, 1785-1865)。對植物充滿熱情的約瑟夫自七歲起即在格拉斯哥大學旁聽父親授課，對於父親講授庫克船長 (James Cook, 1727-1779)、達爾文 (Charles Darwin, 1809-1882) 等人環球航海的探險故事尤為著迷。但相較於達爾文有豐厚的家業支持他自費擔任小獵犬號 (HMS *Beagle*) 的隨船博物學家，虎克教授微薄的薪資並不足以金援約瑟夫。經濟條件不佳的年輕虎克便受雇成為皇家海軍，並希望藉由南極海的遠征，像達爾文在小獵犬號環遊世界的旅程後聲名大噪，建立他自己在植物學界的名聲，並尋求穩定的科學研究工作。

南極海巨浪滔天，冬天的海相尤其驚險無比，在一八三九至一八四三年長達四年的航程中，幽冥及驚恐號不時在南美洲火地島、福克蘭群島、紐西蘭、澳洲塔斯馬尼亞島，以及南極海中最偏遠、至今仍罕有人造訪的島嶼尋求避風港，而這些短暫的停駐讓年輕的虎克有機會在勤務的空檔登島調查並採集植物標本，留下南半球高緯度物種分布的詳細記錄。此外，誠如達爾文在一八四五年寫給約瑟夫的一封信中所言，虎克與當時多數博物學家一樣對於生物地理深感興趣，認為物種的地理分布「是無比重要的課題，是透徹瞭解物種創造法則的基石 (*that grand subject, that almost keystone of the*

Laws of Creation)」。面對著將島嶼與陸地千里隔離的凶險南極海，虎克除了決心專研植物地理以揭開造物主創造物種的法則，更想藉著法則的建立使植物學魚躍龍門，將其提升為思辨哲學與具理論基礎的主流科學。

生物地理學是一門觀察、記錄生物多樣性的分布模式，並瞭解其分布模式形成原因的科學。掌握物種分布的知識是史前人類生存、並逐漸由狩獵、遊牧轉變為農藥社會的關鍵。美國著名的學者及作家賈德．戴蒙 (Jared Diamond) 在他的名著《槍炮、病菌與鋼鐵：人類社會的命運》一書中更直言，現代農作物與眷養動物野生種源的地理分布是決定現今人類文明差距、造成不平衡發展的先天因素。在地球上的生物似乎不可避免地即將經歷由人類所引發之第六次大滅絕的當下，生物地理學的研究對於生物多樣性的保育更是扮演了關鍵的角色。

然而，上述定義或讓人忽視了當代生物地理學研究議題的豐富內涵。生物多樣性是涵蓋了遺傳、物種及生態系三個層次的概念，生物多樣性的分布模式更是比一般人所認知的要來得複雜許多，而影響生物地理分布的因素更是錯縱複雜。

「生物多樣性」的概念係指地球上所有生物「物種」數目的加總、構成每個物種的「遺傳」變異、以及由物種所構成的各種「生態系」。一般人較為熟悉的是物種或更高分類層級如屬、科、目的地理分布，但是遺傳多樣性（如物種內遺傳變異的分布）及生態系多樣性的分布（例如為何熱帶地區的生物多樣性高於溫帶地區許多？）也都是透徹瞭解生物多樣性分布的重要課題。生物地理學的「地理」一詞所對應的空間分布則指生物所存在的環境，包括該地的經緯度、海拔高度、地形地貌、土壤、氣候、以及物種間相互作用所形成的生態系或微棲地等，都會對上述三個層級的多樣性產生影響。

此外，生物多樣性係物種千萬年演化下的產物，新物種的產生常常伴隨其他物種的絕滅，而物換星移下的地形地貌亦是滄海桑田，時間與空間的糾結使得要真正了解生物的地理分布不能只侷限於現今觀察到的格局，還要考慮到生物的演化與地球的歷史。由於目前生物地理學關注與研究的範疇極為龐雜，若依研究的時間尺度區分，可歸納成三大方向：研究影響當代物種分布生態現象之「生態生物地理學（ecological biogeography）」、著重種內或近緣種之間的遺傳變異以重建物種的播遷歷史，並偏重在更新世至近代這一段時間的「親緣地理學（phylogeography）」以及研究種間與更高階分類群地理分布，並著重在演化歷史的「歷史生物地理學（historical biogeography）」。

方舟神蹟

人類對於生物地理的探索始於歐洲的大航海時代。十五世紀以降的地理大發現讓我們對世界地理瞭解越趨完整，而繼之歐洲強權在全球各地的強取豪奪，也將大量的動植物種類由地球各角落帶回歐洲，人類對地球上生物多樣性的知識也因此有了爆炸性的增長。在十八世紀時，這些為數眾多且新奇的動植物為當時的科學家帶來了兩個問題：

一、要如何整理並替這些堆積如山的動植物標本命名？

二、舊約聖經創世紀中記載的諾亞方舟：長 133.5 公尺、寬 22.3 公尺，這個容積約四萬立方公尺的避難空間如何能容納得下這麼多的動、植物以安然度過毀滅世界的大洪水。此外，中世紀以來深受教會及聖經教條左右的科學家們也無法解釋這些分布於沙漠、森林、凍原等，看似完美適應於其各自所在之棲息環境與氣候的動植物們，是如何由方舟最後的靠岸點擴散到地球各個角落。

十八世紀著名的瑞典植物學者卡爾・林奈 (Carolus Linnaeus, 1707-1778) 深信上帝是透過自然萬物向人類傳達旨意，而林奈更相信將萬物命名且分門別類是上帝賦予他無比神聖的使命。林奈倡議使用二名法將上帝創造的萬物命名，並提出了我們現在熟悉的界、門、綱、目、科、屬、種的分類架構的雛型，以將萬物置於恰當的位置用以彰顯神蹟。同時，為了解釋動植物與其生存環境間的完美適應，林奈認為造物主是在一座接近赤道、稱之為天堂山 (Paradisical Mountain) 的大山，沿著海拔梯度由低海拔的熱帶至高海拔類似凍原的氣候施展神蹟，創造完美適應各種氣候環境的形形色色動植物；創世紀後，世間萬物繁衍擴張、並各自遷徙至適合的棲息環境。而林奈也認為，諾亞方舟最後可能停靠於位在土耳其與亞美尼亞交界的亞拉臘山 (Mount Ararat) 山坡上，待大洪水退卻，方舟上存活下來的生物便沿著亞拉臘山逐次由山頂遷徙下來，並擴散到世界各地，為生物多樣性的分布提供了符合聖經教義的解釋。

與林奈同時期的法國學者布豐伯爵 (Georges-Louis Leclerc, Comte de Buffon, 1707-1788) 為啟蒙時代著名的博物學家、數學家、生物學家與作家，他鑽研現生與化石哺乳動物，因此對生物地理分布與林奈有著極為不同的看法，同時布豐也發現了林奈說法的諸多問題。首先，布豐注意到，在地球的不同角落，即使氣候條件幾乎完全一致，各地居住的動植物也幾乎完全不同，而其中尤以熱帶為最。第二，根據林奈的說法，在大洪水退卻後，倖存的生物由亞拉臘山遷徙至目前所在的分布地時，不可避免地幾乎都必須通過極不合適該生物生存的環境。在布豐的假說中，造物主創造萬物的地方是歐洲的西北部，他並認為創世紀當時地球上各地的氣候較為一致且溫暖，待地球氣候逐漸冷卻，萬物逐漸往南遷徙進入歐亞大陸南方及美洲的新大陸，並經改進 (improve) 而逐漸適應各地氣候，無法改進的物種終將退化 (degenerated) 絕滅，以致在新、舊世界出現了十分不同的物種。布豐的說法雖然仍十分簡化，但他對地球各地氣候相同但物種組成不同的觀察被後世稱為布豐法則 (Buffon's Law)，為生物地理學的第一個法則，同時布豐提出地球環境並非亙古不變，而且物種在不同環境下不是改進就是退化絕滅，這在當時被視為異端的想法與後繼達爾文與華萊士 (Alfred R. Wallace, 1823-1913) 兩人提出的天擇理論十分一致。

在十八世紀下半葉至十九世紀初，西方列強對世界的探索不曾停滯，博物學家除了進一步證實布豐法則，也建立了對地球物種與複雜度更深入的認識。其中隨英國詹姆士・庫克船長環繞地球航行的德國學者約翰・福斯特 (Johann R. Forster, 1729-1798) 依據遠征所見各地植物相的組成繪製了世界上第一幅生物區系圖。同時期的瑞士植物學者奧古斯丁・彼拉姆斯・德堪多 (Augustin Pyramus de Candolle, 1778-1841) 則進一步指出，生物的分布除了受到溫度、雨量等環境因子影響，生物也會為了生存而競爭環境資源。而此時期最出色的探險家、博物學家則非德國的亞歷山大・馮・洪堡 (Alexander von Humboldt, 1769-1859) 莫屬。洪堡被稱為地球上最後一位全才的學者，他在生物學、天文學、氣象、地質、物理、化學、社會學、政治等都留下了深遠的影響。洪堡於一七九九至一八〇四年與法國植物學家埃梅・邦普蘭 (Aimé Bonpland, 1773-1858) 探險拉丁美洲，並攀登了厄瓜多爾最高峰欽博拉索山 (Mount Chimborazo)，在精確量測並比較南美洲安地斯山植物組成的分布後，洪堡在《植物地理評論》(*Essay on the Geography of Plants*) 一書中整合了植物分類、植群、氣候、地質、大氣化學等現象，提出植物社會的組成與分布在緯度與海拔梯度上具有一致的變化趨勢，後世根據此經典之作尊稱洪堡為植物地理學之父，而洪堡的《南美洲旅行見聞錄》(*Personal Narrative of Travels to the Equinoctial Regions of America*, 1871) 不僅是十九世紀最暢銷的書籍，該書更激勵了一波又一波的探險熱潮，是影響達爾文、華萊士並催生演化理論最重要的書籍。

雖然十九世紀的地質學者與博物學者仍深信海洋與陸地的大小與位置是亙古不變的，但新出土的化石卻提供了地球環境不斷變動的鐵證。除了物種地理分布知識的累積外，十九世紀上半葉的法國古植物學家阿道夫・布龍尼亞 (Adolphe Brongniart, 1801-1876) 及英國地質學者查爾斯・萊爾 (Sir Charles Lyell, 1797-1875) 發現溫帶歐洲的地層蘊藏了大量熱帶物種的化石，這些熱帶物種的化石證明地球氣候並非一成不變，而根據出土於山頂的海洋生物化石，萊爾提出了地球海平面曾上下變動、地球表面更因為山脈的隆起與侵蝕而改變的假說，這些留存在地層的化石紀錄足以提供地球氣候變遷、海平面改變與地表變動等造成物種大規模滅絕的證據。但萊爾相信，雖然地球經歷了多次的大滅絕，但在每一次的大滅絕後造物主必繼之以新一齣創世紀，讓地球上的生物保有了一定的多樣性。萊爾提出地形地貌的形塑是由物理過程形塑的「均變論 (uniformitarianism)」，取代了聖經中災難式的摧毀力來解釋地質現象，均變論中強調的緩慢而漸進的過程讓同時期的學者深信地球的歷史比聖經所記載的要還古老許多，而萊爾所著的《地質學原理》(*Principles of Geology*) 一書更陪伴著達爾文及虎克度過漫長的海上旅程，深深地影響了生物地理學的發展。

四年的海上航行讓約瑟夫・虎克注意到許多奇特的分布現象，例如澳洲與紐西蘭雖然在地理位置上相去不遠，但在澳洲隨處可見的桉屬 (*Eucalyptus*)、刺槐屬 (*Acacia*)、銀樺屬 (*Grevillea*) 等植物卻全然不見於紐西蘭，而在植物社會的形象上，與英倫三島相距萬里的火地島竟引發了虎克的鄉愁。但是，最讓約瑟夫・虎克著迷的，是南半球高緯度及高海拔植物種類不連續的間斷分布現象。

間斷分布 (disjunction) 指的是相同或近緣的物種卻遙相分隔的地理分布現象。由於早期博物學者深信物種的地理分布與物種本身一樣，在創世紀以來均穩定不變，且人們對物種遷徙能力所知有限，因此當博物學者接受了演化的觀念後，間斷分布的物種遂被舉證為陸地或島嶼曾經彼此相連的證據，研究間斷分布也成為生物地理學上的重要課題。在北半球，最重要的間斷分布是許多溫帶植物類群，如樟科的檫樹屬 (*Sassafras*)、木蘭科的鵝掌楸屬 (*Liriodendron*) 等植物僅侷限分布在北美洲東部與東亞的分布模式，此分布在經過美國哈佛大學植物學家阿薩・葛雷 (Asa Gray, 1810-1888) 一系列的研究後，成為北美洲學術界捍衛達爾文演化理論的有力證據，也是瞭解包括臺灣在內的東亞植物區系形成的最重要分布模式。

承繼了近四個世紀西方世界地理大發現後累積知識的厚實基礎，一八四四年，約瑟夫・虎克在植物分類學界初試啼聲的鉅著《南極植物誌》首卷付梓，二卷與三卷接續在一八五三年和一八五九出版。在南極植物誌中，虎克除了詳細記錄、分門歸類了南極海島嶼與陸地的植物種類，書中也羅列了七十七個侷限分布在塔斯馬尼亞島、紐西蘭、與南美洲溫帶地區的植物，及一百多個在南半球高緯度或高海拔間斷分布的植物類群，並稱這些嗜冷的植物為南方植物相 (Austral flora)。南方植物相中最為著名的例子之一是分布在南美洲智利與火地島、紐西蘭、新加利多尼亞、澳洲塔斯馬尼亞及北昆士蘭、新幾內亞高山，以及在南極大陸有化石出土的假山毛櫸屬 (*Nothofagus*) 植物（圖 1A、2A），草本植物中菊科的 *Abrotanella*（圖 1B、2A）、無柱花科的 *Astelia*（圖 1C、2B）、繖形科的山薰香屬 (*Oreomyrrhis*)（圖 1D—F、2D）、莎草科的 *Oreobolus*（圖 1G、2C）、車前科的 *Ourisia*（圖 1H、2C）等均是南方植物相的代表性類群，而其中的山薰香屬則是南方植物相中少數分布到臺灣高山的植物（圖 2B）。

當約瑟夫・虎克結束了四年的海上航行回到英國後，他與和他有著類似海上經驗的達爾文展開了緊密而頻繁的通信，虎克的著作也成了達爾文蒐集演化理論證據時重要的參考書，特別是在植物的地理分布方面，虎克可說是達爾文最主要的資訊來源。在一八四四年，達爾文首次向約瑟夫吐露他的天擇理論，虎克並在一八四七年間閱讀、評註了達爾文天擇理論的初稿。而在一八五八年六月十八日，當達爾文收到華萊士的〈德那第文稿〉(The Ternate Essay) 而萬般掙扎時，便是由約瑟夫・虎克及查爾斯・萊爾做了那「紳士的安排」，並催生了次年十二月《物種起源》(*On The Origin of Species*) 的出版。如今，多數人對達爾文與華萊士所共同提出的「物競天擇」理論早已知之甚熟，但《物種起源》這本影響人類文明深遠的鉅著還另外闡述了「演化的事實」、「萬物源於共同祖先」、「物種增加」、「漸變主義」等立即為當時多數學者所接受的重要演化觀點。也因為如此，較多數學者更早悉知達爾文演化理論的虎克，自然更是深受達爾文的影響，相信間斷分布的植物並非獨自產生，而是演化之下的產物。此外，或許是長期的海上航行，約瑟夫認為植物種子是無法經由海漂或空飄等方式越洋傳播的；

故而，為了解釋南方植物相間斷分布的現象，他在一八五三年出版的《南極植物誌》第二卷——《紐西蘭植物誌》(*Flora Novae Zelandiae*) 的引言中，援引了以萊爾為首的擴張主義者 (extensionists) 論點，提出南極洲與南半球的大陸與島嶼間曾藉由「陸橋 (land bridges)」連成一塊袤廣的南方古陸，虎克並認為當時氣候合宜，孕育了生長繁盛的南方植物相，但隨後因為陸橋的陷落與氣候的變遷，原本廣布的南方植物相孑遺為現今在南極海域植物間斷分布的地理格局。

擴張主義者提出的「陷落的陸橋」雖廣為當時許多的博物學者接受，但德堪多、達爾文、華萊士等人均認為植物種子可休眠的特性使之具有非凡的長距離傳播能力。在《物種起源》與《島嶼生命》(*Island Life*) 兩部對生物地理學研究影響深遠的鉅著中，達爾文與華萊士各自以相當的篇幅闡釋水力、風力、冰山、植物落葉枝條形成的海上浮島等是如何讓植物飄洋過海，而達爾文更親自進行了許多實驗，例如記錄由沾黏在水鳥爪蹼上的泥巴中發芽的植物，將植物種子長時間以海水浸泡以證明它們可敬的存活力等，因此達爾文對於擴張主義論者「像廚師煎鬆餅般容易的 (*as easy as cook does pancakes*)」在地圖上輕易畫出陸橋連結間斷分布陸地的舉措完全無法容忍，在一八五六年一封寫給恩師萊爾的信中，達爾文毫不保留的抱怨道「你的諸多門生追隨你毫不保留的劃出陸橋，如果你們不停止這麼做，如果世上有嚴懲地質學者的更下層地獄，我相信，我親愛的恩師，你會到哪裡去的 (*the geological strides, which many of your disciples are taking ... If you do not stop this, if there be a lower region of punishment of geologists, I believe, my great master, you will go there.)*。」

雖然地質學者從未發現陷落的陸橋，虎克也在晚年逐漸同意達爾文的論點，但由於植物傳播的隨機性，擴張主義論者認為援引長距離傳播可解釋任何間斷分布的模式，因此強烈質疑長距離傳播在解釋生物間斷分布上的科學性。兩方學者往來的百年論戰由十九世紀中持續到了二十世紀六〇年代末期出現了劇烈的轉變。首先，海洋地磁學的研究為德國氣象學家阿爾弗雷德・韋格納 (Alfred Wegener, 1880-1930) 在《大陸與海洋的起源》(*The Origin of Continents and Oceans*) 一書提出的「大陸漂移」假說提出了佐證。根據該理論，現今南半球的大陸與島嶼在距今一億七千萬年前的侏羅紀中期都是岡瓦那古陸 (Gondwanaland) 的一部份，之後岡瓦那張裂為各大陸板塊，各板塊慢慢的漂移到現今的位置，古陸上的生物也隨著板塊漂移而形成物種的間斷分布，因此虎克的南方植物相事實上可視為是岡瓦那古陸植物相的另一說法。而在同時期，德國昆蟲分類學家威利・漢寧根 (Willi Hennig, 1913-1976) 提出了「支序學 (Cladistics)」的分析法，根據物種特徵的演變以重建物種的演化親緣關係。板塊理論與支序學結合，促成了隔離生物地理學 (vicariance biogeography) 的發軔，解釋了岡瓦那古陸的張裂與大陸漂移和南半球物種的間斷分布，讓隔離生物地理學在一九八〇年代後成了歷史生物地理學的新典範。對系統分類學者而言，南半球的物種因板塊運動而隔離分化，暗示了形形色色的南方物種都將承繼著與板塊漂移相同的親緣歷史，其親緣關係並應與古陸的張裂與大陸漂移的年代順次相呼應（圖 3A）。而二十世紀九〇年代後，DNA 分子定序技術的普及化、新的分析工具以及電腦運算能力的大幅提昇，改進了傳統以形態為主的生物系統分類學，以 DNA 分子序列重建的生物親緣關係為生物地理學注入了全新的能量，提供了大量客觀的資料用以檢視十八世紀以來形形色色的生物地理假說。

山薰香的啟示

一九九二年八月，那是剛修完植物分類學、大二升大三的暑假，到處打聽出野外調查的機會。在經歷了七月溽暑、與無數蚊蟲、黃藤、莎勒竹纏鬥的南仁山，我在八月初揮別了熱帶的夏日，來到海拔三千五百公尺涼爽的雪山黑森林，跟著森林系學長設樣區、量測臺灣冷杉的樹高與胸高直徑。夏天的雪山與南仁山，彷彿天堂與地獄，而與南仁山一公頃樣區內動輒上百種木本植物的熱帶季風林相比，雪山舒適的氣候讓人更能仔細觀察黑森林與圈谷的一草一木。在離開雪山地區的前幾天，學長要我做一個黑森林草本植物名錄，於是我地毯式的搜尋了黑森林的地被層，發現了當時以為是新種，但後來經年善傑學長鑑定為蜘蛛岩蕨 (*Woodsia andersonii* (Bedd.) Christ) 的臺灣新紀錄植物，以及一種不起眼、當時連是哪一個科都毫無頭緒的小草本。回到臺大後我直奔植物系標本館二樓求助分類學助教謝宗欣老師，謝兄眼都沒眨就鑑定出那是繖形科的山薰香，說是很特別的一種高山植物，並給了我一些學習植物分類的提點。下樓後我順勢走進植物系圖書室，遵循謝兄的指示在黑色的木製書櫃中翻閱那些頁面泛黃、鬆脫、好像一碰就會粉碎的古老書籍，並在早田文藏於一九一一年發表的〈臺灣植物資料〉(*Materials for a Flora of Formosa*) 中找到了山薰香的原始發表文獻與這一段註記：

「……在福爾摩沙所有的植物中，或許最令人震驚的發現就是山薰香屬了，這個繖形科的植物除了臺灣之外只分布在澳洲，這個屬不僅是臺灣島的新物種，也是北半球的新紀錄（……*Of all the plants contained in the flora, perhaps the most striking genus is* Oreomyrrhis*, which is all but peculiar to the Australian flora, belonging to Umbelliferae. The genus is, not only new to the flora of the island, but also new to that of the northern hemisphere.*）。」

「想不到這毫不起眼的山薰香竟有如此不凡的身世」，我當時是這麼想著的，並在腦中浮現了許多問題：為什麼主要分布在澳洲的植物會出現在臺灣的高山？山薰香是如何來到臺灣的？抑或澳洲的植物事實上源自臺灣？臺灣是否還有其他像山薰香一樣分布的植物？而同樣在臺灣島內，雪山地區的植物與為何與南仁山如此之不同？除了認識新植物的興奮心情，隨之而來的疑惑不知不覺開啟了我對生物地理學的興趣。

二〇〇〇年秋天，我到美國聖路易市華盛頓大學與密蘇里植物園攻讀博士學位，在一個室外氣溫已經冷到必須穿上厚重大衣的初冬午後，我在植物園圖書館思索論文可行的方向，思緒不自覺地由美國中西部的大平原飄回臺灣的高山，想起了那曾在雪山採到的繖形科植物與早田文藏的那段註記，想起了出國前陳志雄博士告訴我他在南湖圈谷採到的山薰香屬新種，也想著南半球生物間斷分布與岡瓦那古陸的種種問題。我起身轉進圖書館的書櫃區，想挖掘更多山薰香的身世。

一八〇二年一月，洪堡及邦普蘭歷經艱難抵達現今厄瓜多爾海拔三千多公尺的首都基多，並在附近山區採集，其中一份編號 2258 的植物是一株高不及十公分，具單繖形花序，但顯然是屬於繖形科 (Apiaceae) 芹亞科 (Apioideae) 的小草本，一八二一年德國學者卡爾・昆斯 (Karl S. Kunth, 1788-1850) 將此植物處理為歐洲沒藥屬 (*Myrrhis*) 植物的新種「安地斯山沒藥 (*Myrrhis andicola*)」，但隨後奧地利學者史蒂芬・恩德理屈 (Stephan Endlicher, 1804–1849) 在一八三九年建立了「山薰香屬」以凸顯此獨特的南美洲植物；爾後的一個世紀裡，歷經了包括虎克、達爾文等人在南太平洋與南極海島嶼的探勘，終於逐漸釐清了本屬分布的全貌。根據美國繖形科分類權威米爾瑞・馬希爾斯 (Mildred E. Mathias, 1906-1995) 與林肯・康斯頓 (Lincoln Constance, 1909-2001) 在一九五五年發表的分類專論以及後續研究，山薰香屬是繖形科芹亞科的一個小屬，全球約有二十五種，分布在中美洲、南美洲安地斯山中北段、紐西蘭、澳洲東南部、塔斯馬尼亞、新幾內亞、婆羅洲及臺灣的高山或亞高山生境，以及南美洲火地島與福克蘭群島等亞南極帶的島嶼。

山薰香不尋常的地理分布首先由約瑟夫・虎克在南極植物誌中揭露，荷蘭植物學者范・史汀尼斯 (C. G. G. van Steenis, 1901-1986) 更稱山薰香為南太平洋植物間斷分布的典範，而由臺灣植物地理的角度觀之，山薰香屬更可能是福爾摩沙高山植物中少數源於南半球的類群。然而，在近三千種以複繖形花序著稱的繖形科芹亞科植物（如當歸、胡蘿蔔、芹菜）中，山薰香屬的單繖形花序（圖1D－F）是極為少見的形態特徵；此外，芹亞科植物大多都分布在北溫帶，讓山薰香以南太平洋為主的分布更顯突兀，因此自虎克的年代，山薰香的歸屬即是芹亞科內分類的大難題；而到了二十世紀中，馬希爾斯與康斯頓在其研究中加入了染色體細胞學的資料，但山薰香屬 $n = 6$ 的染色體基數也是芹亞科中極少有的，此發現只讓山薰香屬的身世更加撲朔迷離，因此馬希爾斯與康斯頓不禁在其分類專論中嘆道：「**雖然山薰香屬很顯然的是屬於芹亞科的一份子，但不論是南半球或北半球現生的繖形科植物植物中，我們都無法確定哪個現生的類群是山薰香的近親** (*Although* Oreomyrrhis *is clearly referable to the subfamily Apioideae, we have been unable to recognize any close relatives among the living Umbelliferae of either the Northern or the Southern Hemispheres.*)。」妾身未明的分類地位更讓山薰香的生物地理起源充滿了爭議，不論是陸橋、長距離傳播、板塊理論等各派學者都引用山薰香獨特的分布為其各自支持的理論背書。

在我的指導老師彼得·雷文 (Peter H. Raven) 與芭芭拉·夏爾 (Barbara A. Schaal) 兩位教授及密蘇里植物園多位師長的鼓勵下，我決心一探山薰香的身世，追隨洪堡、虎克、達爾文等人足跡，展開探索山薰香生物地理、屬於自己的遠征。我除了在臺灣各個山區採集，也前往南美洲厄瓜多爾、智利、阿根廷、福克蘭群島、中美洲墨西哥與瓜地馬拉、澳洲、塔斯馬尼亞島、紐西蘭以及婆羅洲神山等地採集山薰香。在加總超過九個月的野外工作期間，或與各大學、標本館植物學家一同上山，或獨自駕車、攀爬在南太平洋罕無人煙的山區，循著一百多年來的採集記錄，拼湊遙遠的採集記憶，嘗試想像體會十八、十九世紀的博物學者如何經歷驚險的海上航程，探索未知的國度。

達爾文的《物種起源》發表後，對生物學的發展立即產生了深遠的影響，而博物學者除了持續探索未知疆域並採集命名新物種外，重建物種演化的親緣關係、建構符合演化歷史的「自然分類系統」、並據此解釋物種的地理分布，遂成為博物學家的新使命。然而，生物多樣性在地球複雜的環境下經歷了千萬年的演化，不同的類群在相同的環境下可能因天擇的壓力形塑成相近的形態，如生存在黑暗地底洞穴的蜘蛛、螃蟹、魚類等都具有缺乏色素、視覺退化等形態，而源於共同祖先的兩個物種可能因為在極端的選汰壓力下演化出截然不同的形態，因此，傳統分類學依外觀形態作為分類依據所建構的物種親緣關係與分類系統，便會時常受到分類學者對於形態變異的主觀闡釋所左右。近二十年來，分子生物技術的快速進展，讓學者能夠以傳遞生物遺傳訊息的DNA分子重建物種親緣關係，為生物的系統分類學帶來了革命性的進展。DNA是由A、T、C、G四種核苷酸組成的分子，其序列在解讀上相對容易與客觀，加上細胞內數以億計的遺傳密碼，提供了系統分類學者近於無窮的資料可用於重建親緣。

在分析了採集自世界各地山薰香的DNA分子序列後，我的研究有以下的主要發現：一、採自各地區的山薰香屬植物在親緣關係樹上被歸為一群，顯示間斷分布於南太平洋各地的山薰香源於一共同祖先（圖3B），此一親緣關係同時顯示山薰香在南太平洋的間斷分布是由物種演化的歷史所形塑的，而非「不自然」的分類所造成的分布假象。

二、親緣關係顯示山薰香屬是由分布在北半球、尤以歐洲與中亞為分布中心的細葉芹屬 (*Chaerophyllum*) 所衍生出的一個支系，而山薰香屬與分布在北美東部的兩種細葉芹屬植物最近緣（圖 3B）。此結果支持山薰香屬的祖先源自北半球，且為了維持細葉芹屬是包含其所有衍生物種的「屬」，山薰香屬必須併入細葉芹屬，因此原 *Oreomyrrhis* 的物種皆須更名為 *Chaerophyllum*。

三、在南太平洋間斷分布的山薰香種間的 DNA 分子序列變異極低，且分子定年結果顯示山薰香種間分化在近兩百萬年內的更新世（圖 3B），此時間尺度與岡瓦那古陸張裂的年代相距太遠（圖 3A），支持山薰香的間斷分布是由長距離傳播所塑成的。

在山薰香研究進行的同時，*Abrotanella*、*Astelia*、*Oreobolus*、*Ourisia* 等南方植物的分子親緣關係研究也陸續發表，這些研究的結果幾乎都顯示種間的分化發生在相對晚近的年代，且與物種因岡瓦那古陸張裂而地理種化所應有的親緣關係並不一致，因此長距離傳播較有可能是造成南半球植物間斷分布的機制。然而最令學界震驚的，莫過於假山毛櫸屬的研究，分子親緣關係與定年顯示，雖然無法全然排除板塊學說的影響，但越洋的長距離傳播毫無疑問的對形塑假山毛櫸屬的間斷分布影響甚鉅。此外，藉著將大量南方植物分子親緣關係研究的結果綜合分析，學者發現在南太平洋，由西向東的長距離傳播事件比例特別高，與南半球中高緯度強烈的盛行西風有密切的關係，顯示長距離傳播並非絕對的隨機。很難想像在不到二十年間，以DNA分子序列重建的物種親緣關係竟再度挑戰了生物地理學的典範，從以板塊理論與支序學奠基的隔離生物地理學，竟又再次轉移到達爾文、華萊士力倡的長距離傳播。

生物地理與地球的未來

近年來，地理資訊系統(Geographic Information System, GIS)的快速進展再次為生物地理學研究注入了新的動能，讓生物地理學成為生物多樣性保育不可或缺的重要知識。GIS藉由將各式地圖，如年均溫、年降雨量、地形、地質、土壤、人口密度等各式地圖數位化，賦予各種環境參數地理分布的意義。這些不同地圖為一張張的「圖層」，而當我們將物種的分布資料標在地圖上後，GIS透過座標點位與一層層的圖層的交集取得了該物種分布的各種環境參數（如年均溫、年降雨量、地形、地質、土壤等），而當我們有該物種許多的分布座標時，我們就可以整合所有的環境參數，建立物種分布的數學生態模型，並可用此模型推估物種潛在分布範圍。進一步的，如果我們將此分布模型「投影」在古代的環境參數圖層，如距今兩萬年前的冰河時期的圖層，我們便可推估物種在冰河期的分布範圍，並藉由比較冰河期與現今物種的分布範圍，瞭解物種分布在全球氣候變遷下的變化趨勢。同理，我們可將生態模型投影到對未來全球暖化趨勢的預測，模擬物種未來的分布，作為評估物種在全球暖化威脅下的脆弱度，藉此提出適當的保育策略。

運用上述方法，我們將臺灣島內已知山薰香的採集資料彙整，以此分布資料建立山薰香的分布模型，計算結果顯示現今山薰香在臺灣的「潛在分布」面積可達三千五百三十六平方公里（圖 4），而將此分布模型投影到「上次冰河期最盛期 (Last Glacial Maximum)」的古氣候圖層，計算結果顯示山薰香的分布面積在距今兩萬年前時比現今擴張了 69% 至 350%；但若將此分布模型投影在聯合國跨政府氣候變遷研究小組

參考文獻

Chung, K.-F. 2006. Phylogenetics and Phylogeography of the South Pacific Alpine Plants *Oreomyrrhis*: Insights into Global Alpine Biogeography. Ph.D. Dissertation, Division of Biological and Biomedical Sciences, Washington University, St. Louis.

Endersby, J. 2008. Imperial Nature. The University of Chicago Press, Chicago and London.

Lomolino, M. V., B. R. Riddle, R. J. Whittaker, & J. H. Brown. 2010. Biogeography, 4th Ed. Sinauer Associate, Sunderland.

Wallace, A. R. 1880. Island Life. MacMillan and Co., London (reproduced by Cambridge University Press).

(Intergovernmental Panel on Climate Change, IPCC) 所提出的未來氣候模型，並假設現今全球暖化的趨勢不變，到了二〇八〇年，95% 以上山薰香的潛在棲息環境將會不復存在（圖 4）！這些研究結果警示著我們，人類過度開發所引發的全球氣候變遷極可能在本世紀內，將山薰香以及與之共存的高山植物逼向絕境。

回顧一個半世紀以來植物地理學的發展，越來越多證據都傾向支持長距離傳播是決定植物間斷分布的主要機制，顯示在漫長的生物演化歷史中，遼闊的大洋或其他橫亙於中的不適宜棲地都不能阻擋植物經由長距離傳播拓殖其分布範圍。但若全球氣候變遷、暖化的趨勢未趨緩、人類對物種棲息的自然環境持續破壞，再好的長距離傳播能力也無法延續物種的生存，亦也無法阻止第六次的物種大滅絕。

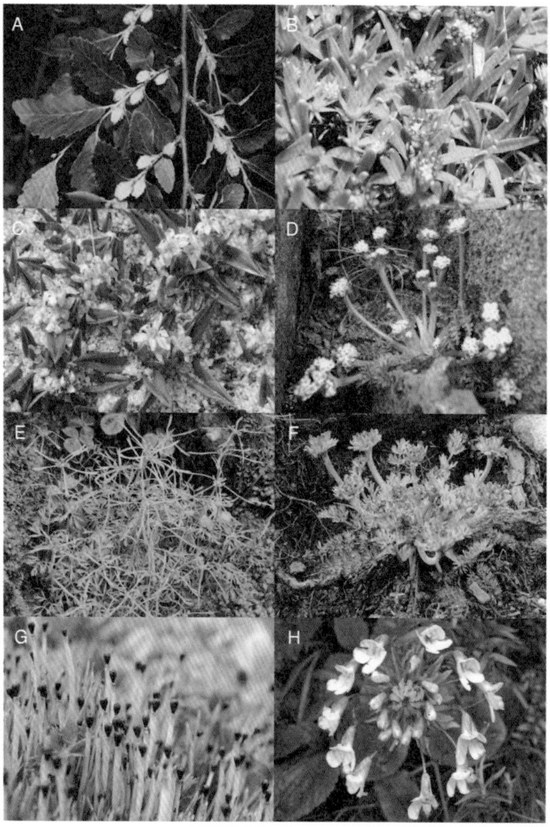

圖 1：南方植物相（Austral flora）的代表類群：

A、分布於智利及阿根廷的 *Nothofagus obliqua*（攝於英國皇家邱植物園）

B、菊科的 *Abrotanella nivigena*（攝於澳大利亞最高峰 Mt. Kosciuszko）

C、無柱花科的 *Astelia pumila*（攝於英屬福克蘭群島）

D、繖形科的 *Chaerophyllum sessiliflorum*（攝於澳大利亞塔斯馬尼亞，Ben Lomond 國家公園）

E、山薰香 *Chaerophyllum involucratum*（攝於臺灣雪山黑森林）

F、臺灣山薰香 *Chaerophyllum taiwanianum*（攝於臺灣雪山圈谷）

G、莎草科的 *Oreobolus pectinatus*（攝於紐西蘭北島 Mt. Egmont）

H、車前科的 *Ourisia macrocarpa*（攝於紐西蘭北島 Mt. Egmont）

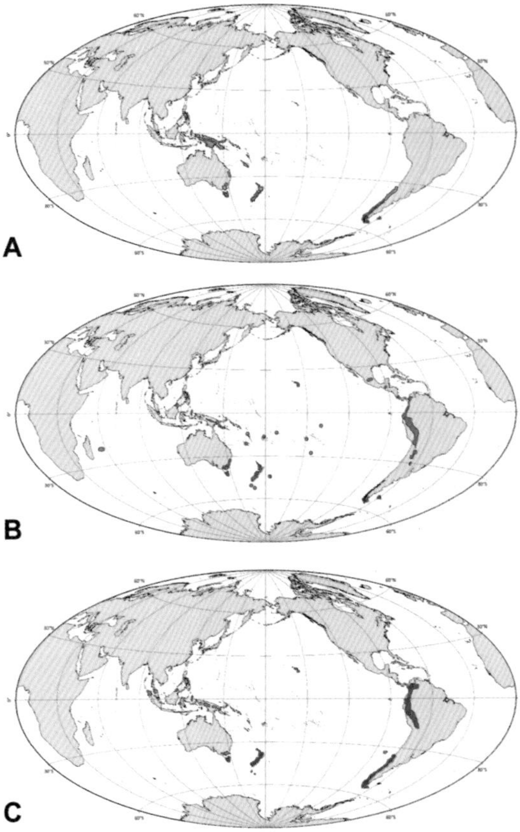

圖 2 南方植物代表類群的地理分布：

A、*Abrotanella*（藍色區塊）、假山毛櫸屬（*Nothofagus*，紅色區塊）

B、*Astelia*（紅色區塊）、山薰香屬（*Oreomyrrhis*，藍色區塊）

C、*Oreobolus*（紅色區塊）、*Ourisia*（藍色區塊）

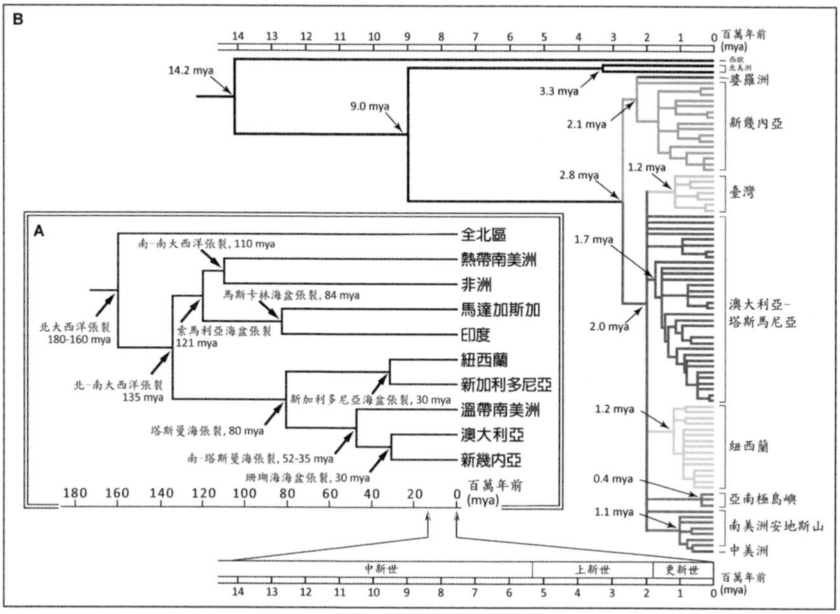

圖 3 A、岡瓦那古陸張裂的歷史與岡瓦那古陸物種因板塊開裂而種化之物種親緣關係樹；B、山薰香屬植物之分子親緣關係與各地區山薰香分化之年代。根據分子定年，現生山薰香屬植物的共同祖先源於 2.8 百萬年，物種間親緣關係與種化年代皆與岡瓦那古陸張裂的歷史相去甚遠，因此山薰香在南半球的間斷分布較符合長距離傳播的假說。

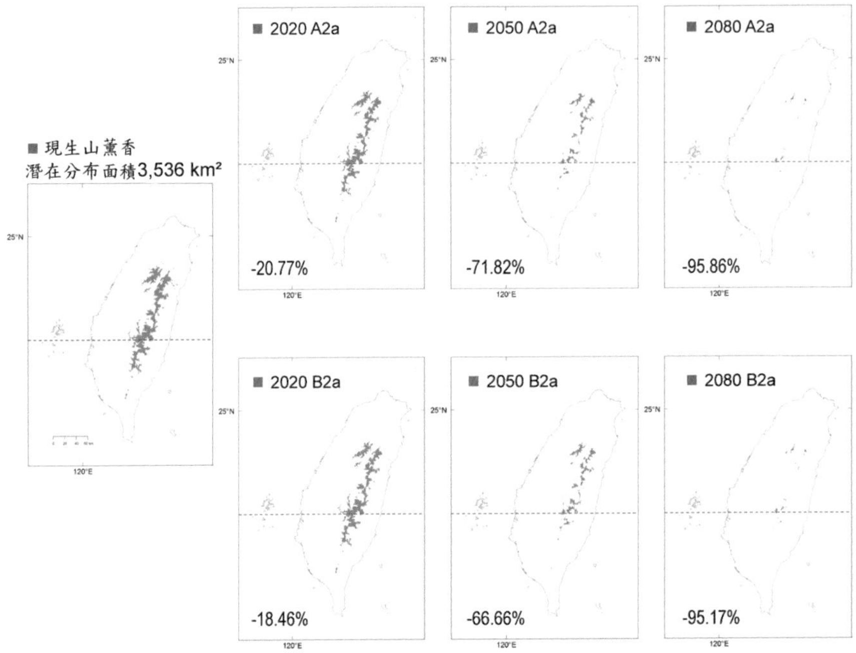

圖 4 山薰香 (*Chaerophyllum involucratum*) 的潛在分布以及在兩個聯合國跨政府氣候變遷研究小組 (IPCC) 的暖化情境下 (A2a 及 B2a)，山薰香在 2020、2050、2080 年的分布預測。A2a 的氣候情境假設人口與能源消耗持續增長、土地利用持續擴大、科技進展遲緩；B2a 的氣候情境建立在人類社會朝向環保及社會公平的方向演進，人口成長趨緩、GDP 增加放慢，但科技進展多樣化、土地開發放緩。

國立臺灣博物館館藏標本：山薰香

隔離、遷徙、演化與鳥類的應許之地

── 林大利・郭怡良・丁宗蘇

《爾雅・釋鳥》：「二足而羽，謂之禽；四足而毛，謂之獸。」；《莊子・逍遙遊》：「鵬之徙於南冥也，水擊三千里，摶扶搖而上者九萬里，去以六月息者也。」

由於鳥類的遷徙現象牽涉的空間尺度範圍相當廣大，並且有著規律的週期性，因此鳥類在生物地理學的研究中扮演了非常重要的角色。

鳥類是個研究生物地理的好題材

一般而言，生物地理學主要由空間、時間、生物多樣性三個維度所構成，必須在適當的空間及時間尺度下探討生物多樣性的變化。空間尺度的範圍可大至全世界的鳥類分布狀況，也可以小至一棵樹上鳥類在不同層次的覓食偏好。時間尺度的範圍可遠至探索數百萬年前的板塊漂移，也可近至棲地變化前後對鳥類分布的影響。生物多樣性方面，無論是遺傳變異，還是物種或其他分類群的空間分布、物種豐富度 (species richness)、生物相 (biota) 的相似程度，都是常見的研究主題。

自從人類觀察自然開始，鳥類一直是重要的觀察對象。這是由於鳥類有下列三個特點：

第一，鳥類是一個被瞭解得最透徹的高階生物類群，人類對鳥類的認識已優於哺乳類或是其他生物類群。幾乎全世界的鳥類都已經被發現並命名發表。且得助於全世界眾多的鳥類觀賞愛好者，我們對各種鳥類的分布與辨識資訊非常充足且普及。希伯利 (Sibley) 和夢露 (Monroe) 在一九九一年與一九九三年以 DNA 雜合反應 (DNA-DNA hybridization) 的實驗結果為基礎，出版了《世界鳥類的分布與分類》(*Distribution and Taxonomy of the Birds of the World*)，這是第一次以分子生物技術為基礎來建立一個高階生物類群的世界名錄。傑茲等人 (Jetz *et al.*) 更於二〇一二年將全世界九千九百九十三種鳥類的親緣關係與地理分布結合，更完善地勾勒出鳥類演化歷史的輪廓，幾乎將所有鳥類的目和科的支序結構都整理清楚了。康乃爾鳥類研究室 (The Cornell Lab of Ornithology) 每年更新發布 Clements 世界鳥類名錄〈The Clements Checklist of Birds of the World〉，包含各亞種的地理分布。這些充分的分類資訊，使得鳥類成為研究生物地理學的好題材。

第二，相較於其他生物類群，鳥類的形態及行為等現象的地理變異，已經有相當完備的研究成果與紀錄。許多年來，博物館的典藏標本、野外觀察研究以及分子遺傳的分析，累積大量的鳥類生態、行為、演化與親緣關係等資訊。許多地區已經出版當地的鳥類辨識圖鑑或參考書籍，內容包括相當詳細的體形、顏色、鳴聲等辨識特徵，甚至有些內容更詳述相似種或不同亞種之間的辨識。除了特定地區鳥類相的圖鑑，各鳥類分類群的專書以及《世界鳥類專冊》(*Handbook of the Birds of the World*) 等諸多書籍，都詳細地記錄了全世界各鳥種的形態特徵、行為及生活習性等基礎生活史與生物地理資訊。

第三，由於容易觀察及辨識物種，鳥類因此也廣受大眾喜愛，並受到群眾的高度關切，其受關注程度遠高於其他生物類群。全世界眾多的賞鳥者多年累積了大量的觀察資料，可成為建立鳥類分布的基礎資訊。近年來得力於電腦資訊傳播的便利與快速，鳥類分布的觀察資料累積更是一日千里。例如美國奧杜邦學會 (National Audubon Society) 與康乃爾大學鳥類研究室，建置線上資料庫 ebird (http://ebird.org/content/ebird)，累積了大量由賞鳥者主動上傳的賞鳥紀錄，亦可自由彙整鳥類的地理分布；線上鳥音資料庫 Xeno-Canto (http://www.xeno-canto.org) 則累積許多來自世界各地的鳥類鳴唱聲與叫聲的錄音檔案，成為研究鳥類聲音在地理上的變異之重要資料庫。除此之外，每年約有二十億隻鳥類個體被測量繫放，加上雷達回波、衛星定位系統以及無線電發報器等科技的高度發展，使得鳥類的空間分布與動態被瞭解得更透徹。

鳥類的特色

《爾雅．釋鳥》：「二足而羽，謂之禽；四足而毛，謂之獸」，意指有兩隻腳、身上有羽毛的生物稱為鳥；有四隻腳、身上有毛的生物稱為獸。羽毛是鳥類獨特且重要的特徵，具備飛行、保暖、求偶、保護及隱蔽等功能，而其中最重要的功能便屬飛行了。大約在八千萬年前，羽毛將鳥類帶離地面，前進天空中拓展新的生態棲位 (ecological niche)，這個時期鳥類爆炸性地演化，多樣性大幅度提升。鳥類的演化讓分類學家將鳥類視為一個特殊的類群，而將鳥類從鳥類與爬行動物組成的單系群 (monophyletic) 中抽離出來，使爬行綱的動物成為特殊的骿系群 (paraphyletic)。

「飛行」大幅提升了鳥類的移動能力，也使鳥類的生物地理現象異於其他生物類群，這是探討鳥類生物地理時不容忽視的一環。飛行使鳥類更容易跨越海洋、沙漠和高山等地理障礙。對飛行能力好的鳥類而言，全世界都是牠的舞台。斑尾鷸 (*Limosa lapponica*) 可以從阿拉斯加橫跨太平洋，中途不休息的抵達一萬一千公里遠的紐西蘭；斑頭雁 (*Anser indicus*) 飛行高度可達九千公尺，跨越喜馬拉雅山脈，從青藏高原的繁殖地，遷徙到印度阿薩姆省度冬。得利於良好的移動能力，當鳥類面對棲地或環境發生變化時，便可以隨意舉起翅膀一走了之，尋覓其他資源更豐饒之地。也因為鳥類能快速地應對棲地的變化，使得鳥類族群量的多寡與物種豐富度的高低就相當適合作為棲地品質的重要指標。隨著環境週期性或非週期性規律的變化，無論在廣或窄的空間尺度，鳥類的空間分布皆不斷地在改變。

飛行也使鳥類發展出隨著季節變化而做出長距離遷徙的行為。遷徙是指生物在固定的地點之間，進行週期性的規律移動。目前的理論指出，鳥類過去是在南半球的熱帶森林中大量繁殖演化，以致於最後當地環境的資源不足以供應過大且多樣的鳥群。因此，部分鳥類選擇擴展到緯度較高的環境尋覓資源，但是冰河期來臨時，又迫使鳥類返回低緯度的區域。隨著年復一年的一來一往，形成定期且定向的遷徙行為，而目前每年估計約有一百億隻的鳥類，分別在全世界八大遷徙路線，進行長距離的跨緯度遷徙。

廣空間尺度的研究指出，氣溫的季節變動在眾多影響鳥種遷徙的環境因子之中是最重要的因素，氣溫低代表著鳥類必須要支出額外的能量來支持體溫；相較之下，初級生產力的季節變動與其他環境因子對鳥種遷徙的影響就顯得較為間接且有限。此外，陸地與海洋的分布及配置對候鳥的遷移路線與休憩站 (stop-over site) 的選擇影響相當大，例如在西伯利亞、東北及蒙古繁殖的候鳥，沿途經堪察加半島、日本、臺灣，最後經菲律賓、東南亞抵達澳洲，形成東亞——澳洲遷徙路線。臺灣位於花采列嶼中央，也因此成為了候鳥遷徙的重要休憩站。由於鳥類的遷徙現象牽涉的空間尺度範圍相當廣大，並且有著規律的週期性，因此遷徙也在鳥類生物地理中扮演了非常重要的角色。

地球歷史事件與鳥類分布的影響

一八七六年，華萊士 (Alfred Russel Wallace) 的著作《動物的地理分布》(*The Geographical Distribution of Animal*) 出版，他依據陸域生物動物相的相似性，主張將全世界區分為六大生物地理區 (biogeographical region)，包括古北區 (Palearctic)、東洋區 (Oriental)、澳洲區 (Australian)、非洲區 (Ethiopian)、新北區 (Nearctic) 與新熱帶區 (Neotropical)（圖 1）。以鳥類來看，其中以新熱帶區的鳥種豐富度最高，約有三千四百種；古北區和新北區由於生物相有不少重複，有時會被合在一起，稱為全北區 (Holartic)。全北區雖然廣布北半球陸域，但是鳥種數卻遠不及新熱帶區，古北區約九百七十三種，新北區約七百三十二種。

鳥類的共同祖先源自於恐龍，在白堊紀 (Cretaceous Period) 時鳥類曾與恐龍共處了一段時間。當時的地球主要由兩塊陸塊組成：北半球的勞拉西亞大陸 (Laurasia) 和南半球的岡瓦那大陸 (Gondwanaland)，兩個陸塊中間隔著一條古地中海海道 (Tethyan Seaway)。勞拉西亞大陸包含了現在大多數的北半球陸塊，包括北美洲、歐亞大陸和格陵蘭，也就是全北區的前身。岡瓦那大陸則包括了現今大部分的熱帶及南半球陸塊，包括南美洲、非洲、印度半島、馬達加斯加、南極洲、新幾內亞、澳洲和紐西蘭（圖 2a）。

大約一億年前，勞拉西亞大陸分裂為三大陸塊，分別是北美洲、歐亞大陸和格陵蘭的原始陸塊。由於勞拉西亞大陸分裂出的陸塊不多，格陵蘭又幾乎被冰雪覆蓋，再加上高緯度地區在更新世 (Pleistocene) 長期受冰河的影響，因此全北區的鳥類多樣性並不高。此外，由於新北區和古北區曾經相連，因此可觀察到北美洲和歐亞大陸之間有些相似的鳥類，例如新世界鶯 (New World warblers) 和舊世界鶯 (Old World warblers)、新世界鶲 (New World flycatchers) 和舊世界鶲 (Old World flycatchers) 等。

岡瓦那大陸的裂解歷史，對於現今鳥類的多樣性有著相當重要的影響。大約一億年前到八千萬年前，非洲及印度半島與岡瓦那大陸分離，印度半島則於五千五百萬年前到四千萬年前撞上歐亞大陸，隆起的陸地形成喜馬拉雅山脈。八千萬年前，紐西蘭漂離岡瓦那大陸。六千四百萬年前到四千五百萬年前澳洲及新幾內亞也陸續漂離岡瓦那大陸，並於一千五百萬年前到達現在的位置。三千五百萬年前南美洲漂離岡瓦那大陸，於三百五十萬年前與北美洲相接（圖2b）。在岡瓦那大陸分裂之前，有些目的鳥類已經演化出現且廣泛分布於勞拉西亞大陸及岡瓦那大陸，例如雀形目 (Passeriformes)、鶴形目 (Gruiformes)、雞形目 (Galliformes)、雁形目 (Anseriformes)、鴿形目 (Columbiformes)、雨燕目 (Apodiformes)、夜鷹目 (Caprimulgiformes)、鴟鴞目 (Strigiformes) 等；有一些目的鳥類則廣泛分布於岡瓦那大陸，例如鸚形目 (Psittaciformes)、企鵝目 (Sphenisciformes)、鴕鳥目 (Struthioniformes)、及鷸鴕目 (Tinamiformes)。這些鳥類當中，有些鳥類隨著陸塊的漂移與其他的陸塊相接，或靠著播遷能力拓展新的生存空間，最後成為現今所呈現的分布狀態。然而，非洲的鴕鳥 (*Struthio camelus*)、澳洲的鴯鶓

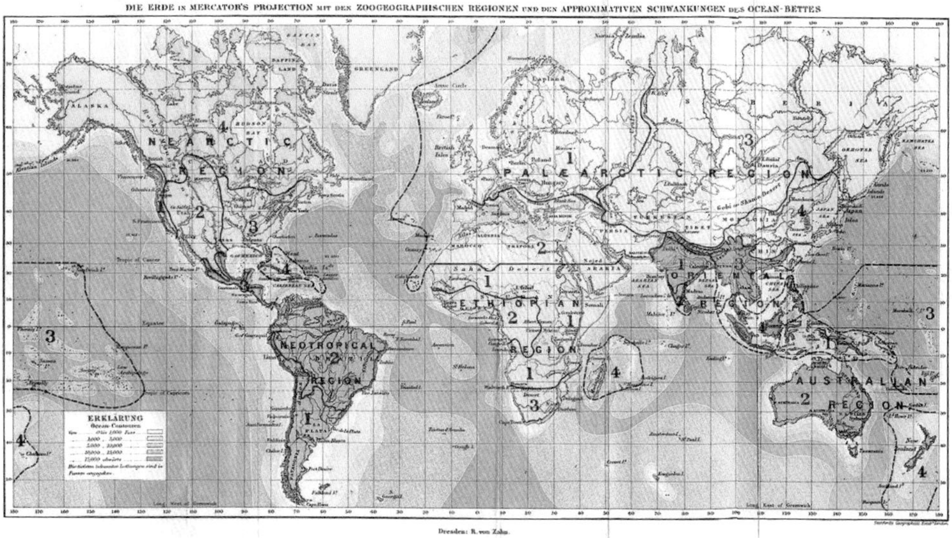

圖 1 華萊士於 1876 年主張將全世界區分為六大動物地理區

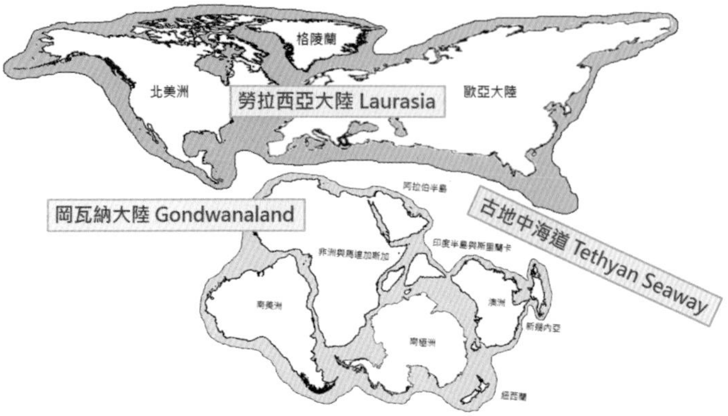

圖 2a 勞拉西亞大陸與岡瓦那大陸在白堊紀的相對位置

圖 2b 岡瓦那大陸的分離狀況

(*Dromaius novaehollandiae*)、新幾內亞的食火雞 (cassowaries)、馬達加斯加的象鳥 (elephant birds，已滅絕)、南美洲的美洲鴕 (rheas)、紐西蘭的奇異鳥 (kiwis) 和恐鳥 (moas，已滅絕)，這些不具飛行能力而無法跨越海洋隔離的鳥類，僅能分布於南半球各個相距遙遠的陸塊（圖 3）。而有賴於現今遺傳研究技術的進步，DNA 序列分析的結果指出這些鳥類皆源於相同的共同祖先，並支持了這些鳥類的不連續的間斷分布 (disjunction) 乃是由岡瓦那大陸分裂所造成的。

冰河變遷也會對鳥類的分布造成影響。冰河期時冰河擴張，許多生物必須往低緯度播遷；而間冰期時冰河退縮，生物便可以往高緯度播遷。在這播遷過程中，大陸的緯度跨幅及地理障礙皆會影響鳥類的播遷成功與否。例如美洲與亞洲橫跨緯度比較寬，鳥類可由高緯度地區播遷至巴拿馬、厄瓜多爾以及巽他陸棚 (Sunda Shelf) 等地區避難，之間沒有太多地理障礙；而歐洲的緯度跨幅較小，又有波羅地海、阿爾卑斯山、地中海的層層東西向障礙，若鳥類無法跨越這些障礙播遷至熱帶，便難以持續生存（圖 4），而這也是目前解釋歐洲鳥類的多樣性較低、熱帶地區生物多樣性較高的假說之一。冰河時期，大量的水分結冰造成海平面下降，並導致大面積的大陸棚露出水面形成陸橋，使有些鳥類得以跨越海洋的障礙播遷至鄰近大陸的島嶼，臺灣的鳥類來源即是很典型的例子。很多臺灣的留鳥都是源自於古北界或是喜馬拉雅山區，當初隨著冰河擴張、氣候變冷、陸橋出現，這些鳥類便從古北界或是喜馬拉雅山區拓殖到臺灣。當冰河退縮、氣候變暖、陸橋消失，這些鳥類就留在臺灣。且因為臺灣多高山，因此在高海拔地區仍有較冷的環境適合這些鳥類居住，反之中國華南因為沒有高山，這些鳥類便難以生存，造成很多鳥類在臺灣有跳躍式的間斷分布。例如大赤啄木 (*Dendrocopos leucotos*)、鷦鷯 (*Troglodytes troglodytes*)、岩鷚 (*Prunella collaris*)、青背山雀 (*Parus monticolus*)、黃腹琉璃 (*Niltava vivida*) 等棲息在臺灣中高海拔山區的鳥種，在歐亞大陸都只分布在古北區及喜馬拉雅山區，在中國華南則沒有分布，在臺灣的族群與歐亞大陸的族群相當隔離。

鳥類的物種分布

陸塊漂移和冰河變遷等歷史事件是探討現今鳥類分布基礎的重要線索，然而，瞭解現今鳥類分布需思考兩個面向：第一，能不能到？該物種的播遷能力如何？能不能夠到達那個地方？第二，能不能活？該地區環境狀況如何？能不能讓到達該地區的物種繼續存活繁殖？前段提到鳥類的飛行播遷能力為影響鳥類生物地理的重要因素之一。然而，並非所有的鳥類都具有足以廣布於世界各地的飛行能力。以希伯利 (Sibley) 在一九九六年的調查結果為依據，現生分布於大陸約八千種鳥類中，約有 94% 的鳥種僅分布於一洲，分布範圍擴及三洲以上的鳥類不超過 0.5%。此研究結果顯示在自然狀況下廣布於世界各地的全球種 (cosmopolitanism species) 鳥類其實並不多。除了南極洲以外，廣布於五大洲的鳥類包括：倉鴞 (*Tyto alba*)、魚鷹 (*Pandion haliaetus*)、遊隼 (*Falco*

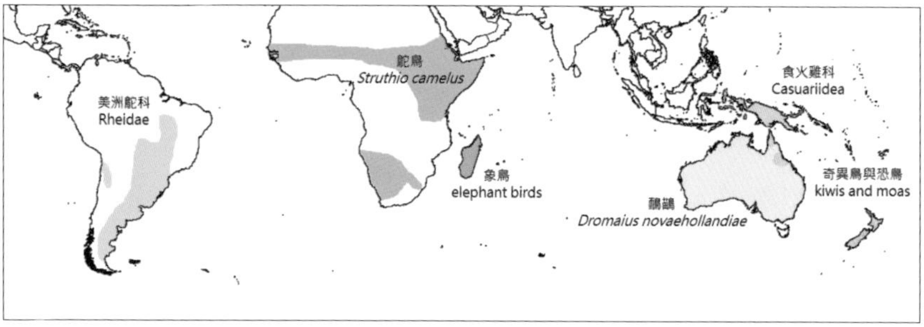

圖 3 不具飛行能力且親緣關係相近的大型鳥類的現今分布圖

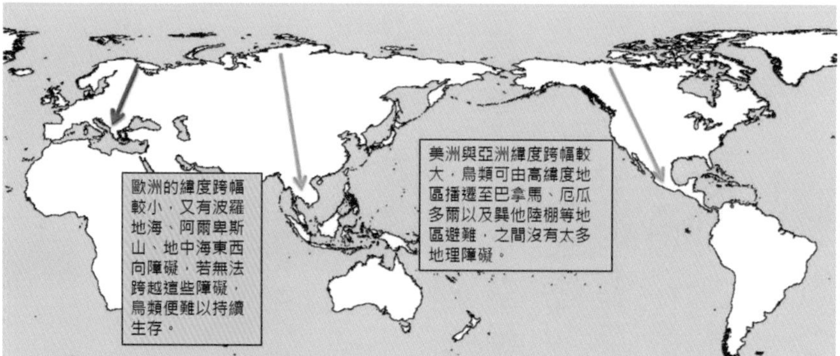

圖 4 大陸緯度跨幅對鳥類播遷的影響

peregrinus)、大白鷺 (*Ardea alba*)、黃頭鷺 (*Bubulcus ibis*) 和彩䴉 (*Plegadis falcinellus*)；分布於四洲的鳥種包括草黃樹鴨 (*Dendrocygna bicolor*)、紅冠水雞 (*Gallinula chloropus*)、東方環頸鴴 (*Charadrius alexandrinus*)、夜鷺 (*Nycticorax nycticorax*) 和綠簑鷺 (*Butorides striatus*)；而與廣布種鳥類相反的狹布種鳥類，根據牛頓 (Newton) 與戴爾 (Dale) 在二〇〇一年的研究顯示，目前約有一千七百種鳥類僅分布於島嶼上，這些狹布種鳥類中最極端的例子是雷仙島鴨 (*Anas laysanensis*)，該物種僅存在於夏威夷群島附近約 3.4 平方公里的雷仙島 (Laysan Island) 上，其族群量大約只有五百隻且嚴重瀕臨滅絕。因此，從各個鳥種的分布狀況來看，可以發現絕大多數的鳥種都屬於分布在單一洲域或島嶼等一定範圍的區域內，這顯示了鳥類雖然有飛行播遷的能力，但是大部分的鳥類仍沒有長距離遷移能力，因此海洋與高山等大尺度的地理屏障依然可對許多鳥類造成一定程度的隔離效應。即便鳥類有能力長距離播遷，還需考量拓殖地的氣候、植被、食物資源、天敵與競爭等環境因子與生物因子，是否適合長久生存繁殖。

為了瞭解適合一鳥種生存與繁殖的環境條件為何，必須深入探討各鳥種的族群結構 (population structure) 與繁殖成功率 (reproductive success rate) 的變化，以及棲地選擇 (habitat selection) 與棲地利用 (habitat use) 等議題。然而，由於全世界鳥種繁多，不容易一一研究，且保育資源有限，研究成果發表的速度趕不上生物多樣性流失的速度。因此，為了瞭解鳥類與環境之間的互動關係，生態學家運用一些具代表性的整合參數，例如鳥類相 (aviufauna) 的相似度、鳥種豐富度 (bird species richness) 以及特有

種豐富度 (endemic species richness)，以瞭解眾多鳥種與環境之間的交互作用模式。

鳥類相的相似度、特有種及鳥種豐富度

生物相是指一個地區的物種組成，而鳥類相即是指一個地區的鳥種組成。生物相相似度高的地理區，常統稱為生物地理區 (biogeographic region)；生物相差異極大的地區之間，則以生物地理界線 (biogeographic line) 做區隔。各個生物地理區之間的比較研究，是大尺度生態學和演化生物學研究的重要基本單位，並早在華萊士之前就已有文獻討論不同生物地理區之間的生物相相似程度，但卻因為解釋力不足而未受到重視。華萊士在一八五四年到一八六二年之間於馬來群島，也就是在今日的中南半島到澳洲之間的諸多島嶼採集生物。這八年期間，從新加坡到新幾內亞的鳥頭半島（或稱多貝拉伊半島），總共旅程約一萬四千英哩（約等於兩萬兩千五百二十六公里），共計六十至七十旅次，採集生物標本共十二萬五千六百六十件，其中包含八千零五十件鳥類標本。旅行期間，華萊士發現馬來群島的東西兩端群島的動物相大不相同，尤其峇里島與龍目島之間及婆羅洲與蘇拉威西之間僅隔著狹窄的海峽，但是鳥類與哺乳類的物種組成有著極大的差異。華萊士以深海的隔離解釋兩區的動物相差異（請注意，那時並沒有板塊運動及大陸漂移的概念），並認為這裡是區隔東洋區與澳洲區兩個生物地理區的

界線，這個界線也就是現今著名的華萊士線 (Wallace's Line)。華萊士在返回英國後，進一步比較全世界的動物地理區，並於一八七六年發表的文獻中，將全世界區分為六大生物地理區。

馬來群島包含兩萬座以上的島嶼，可說是地球上生物最複雜多樣的熱帶地區，生物多樣性且特有種數都相當高；馬來群島的面積僅占全世界陸地面積的4%，但卻包含了相近全世界四分之一的陸域生物以及極豐富的珊瑚礁，還包含了菲律賓、巽他陸域 (Sandaland) 與華萊士區 (Wallacea) 這三個重要的生物多樣性熱點。馬來群島自從五千萬年前開始，持續受到陸塊漂移、冰河變遷的影響，海平面的升降等地理狀況不斷的改變，而這些陸地與海洋配置的變化，不僅影響諸島的氣候與植群，也連帶影響了動物的分布與組成。

華萊士線的激盪

華萊士對生物地理區的主張激起了十九世紀研究動物分布的一股潮流，並引起許多關於華萊士線後續的討論與修正，可說是點亮了生物地理學研究的一盞明燈。一八六八年，赫胥黎 (T. H. Huxely) 以鳥類相的比較為基礎，認同華萊士線的位置，並且將華萊士線繼續向北延伸，通過菲律賓群島與巴拉旺 (Palawan) 之間，這條線後被稱

為赫胥黎線 (Hulxely's Line) 或新華萊士線 (Neo-Wallace Line)；一八九六年，萊德克 (R. Lydekker) 以哺乳動物相，認為東洋區與澳洲的界線應該在新幾內亞與澳洲的西緣，並包含米蘇爾島 (Misool)、阿魯群島 (Aru islands)、格貝島 (Gebe)、科菲奧島 (Kofiau) 及衛吉島 (Waigeo)，稱為萊德克線 (Lydekker's Line)。其他華萊士線的修正還包括穆勒線 (Müller's Line)、穆雷線 (Murry's Line)、斯拉特線 (Sclater's Line) 以及韋伯線 (Weber 's Line)（圖 5）。二〇一二年，霍特等人 (Holt *et al.*) 認為許多生物地理區的劃分都未將生物的親緣關係與生物的分布結合，因而分別以兩棲類、鳥類及哺乳類的親緣關係為基礎，將世界區分為十一個動物地理區或二十個小區（圖 6）。若以鳥類為基礎，則可區分為十九區，其中東洋區與澳洲區的界線與華萊士線正好吻合。有趣的是，如果以兩棲類為基礎，蘇拉威西與小巽他群島 (Lesser Sunda) 會被歸類於東洋區，菲律賓則被歸類於澳洲區。

此外，這些生物地理界線有些更與地理事實符合：赫胥黎所修正的華萊士線正是更新世冰河期海平面下降一百二十公尺時，巽他陸棚的東緣；萊德克線則是莎湖陸棚 (Sahul Shelf) 的西緣。華萊士線與萊德克線之間的蘇拉威西、摩鹿加群島以及小巽他群島則是從未因為第四紀海平面下降而相連，並一直被海洋所隔離。一九二八年，狄克森 (Dickerson) 為了將菲律賓與此區作區隔，首先使用「華萊士區」統稱這個生物地理區。然而，辛普森 (Simpson) 於一九七七年對華萊士區眾多生物地理界線的適當性提出了異議，並認為生物分布之間不應存在如此截然明確的界線。事實上無論是歷史事件、

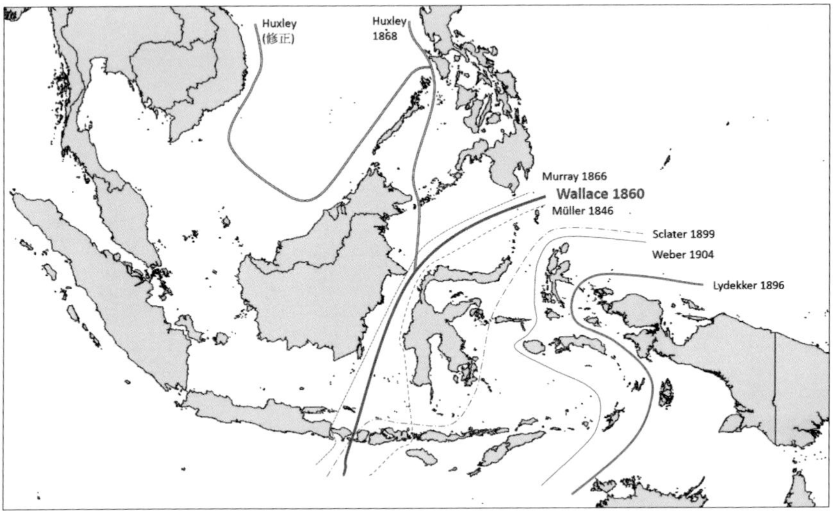

圖 5 華萊士線及相關的動物地理界線

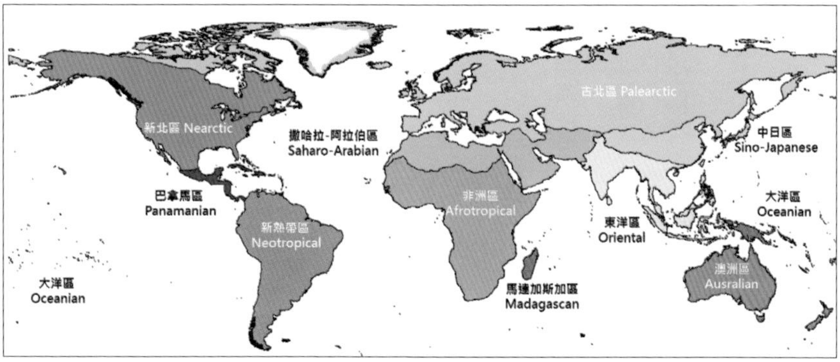

圖 6 霍特等人在 2012 年以鳥類、兩棲類及哺乳類的分布範圍及親緣關係為基礎，將全球區分為 11 個動物地理區

氣候、地質或生物播遷等因素，都應該是漸變的過程而非不連續的間斷變化，因此生物地理區之間的差異應該是漸變的過渡區 (transition zone)，而非如此絕對的楚河漢界；此外，不同的生物類群之間，移動能力以及受隔離效應的影響程度應不盡相同，不同的生物類群所劃分出的生物地理區也不應該完全相同。因此，以華萊士區作為東洋區與澳洲區的生物地理過渡帶的概念，便一直沿用下來。

華萊士區包含摩鹿加群島、蘇拉威西和小巽他群島，共包含約一萬三千五百座島嶼。華萊士區的鳥類相不只受到板塊運動等古地理作用的影響，亦反映了古氣候變遷、陸橋的形成、部分鳥類類群跨越海洋屏障以及島內種化等作用。如果從鳥類的分布來看，華萊士區確實是許多鳥種的過渡區域。雉雞、咬鵑 (trogons) 及擬啄木 (barbets) 等東洋區的鳥類類群僅分布到華萊士線的西側；澳洲區的天堂鳥有幡羽天堂鳥 (*Semioptera wallacii*) 和鴉天堂鳥 (*Lycocorax pyrrhopterus*) 兩種天堂鳥跨越萊德克線分布到摩鹿加群島。東洋區的啄木鳥和鵯亦跨越華萊士線分布至摩鹿加群島與小巽他群島東部；犀鳥、鶇、椋鳥、伯勞、啄花鳥與太陽鳥等亦分布至新幾內亞和澳洲。有些澳洲區的鳥類，如塚雉 (megapodes)、仙鶯 (fairy-warbler)、嘯鶲 (whistlers)、吸蜜鳥 (honeyeaters) 亦分布至蘇門答臘的西緣地區（圖 7）。華萊士也曾經在峇里島西部發現澳洲區的鳳頭鸚鵡 (cockatoos)，顯示這裡的鳥類正在逐漸擴張，生物地理區之間的生物相逐漸混合的現象。

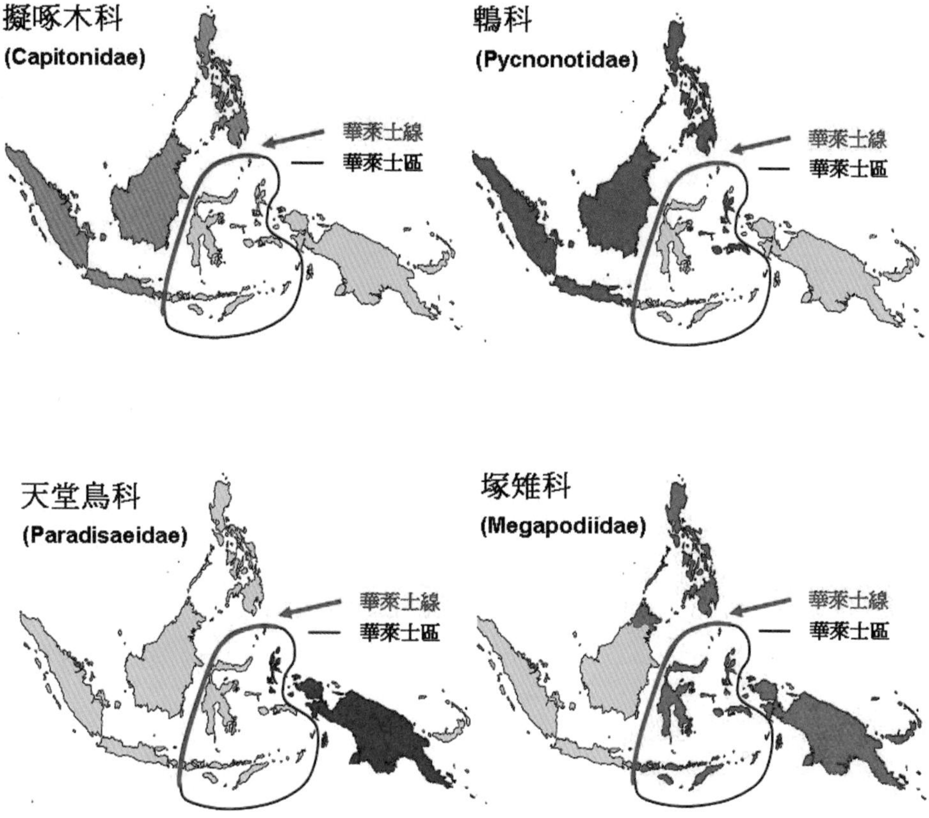

圖 7 華萊士區是許多鳥種的分布過渡區域

熱點保育和保育熱點

馬來群島和華萊士區的鳥類相不僅屬於生物地理區的過渡帶，同時也是地球上重要的生物多樣性熱點。比較不同生物地理區的鳥類相，最常運用的指標是物種豐富度，也就是一個地區內物種總數。一般認為，物種豐富度隨著緯度梯度變化，自熱帶地區往極區遞減。然而，全世界鳥類的物種豐富度的變化樣貌，並未完全吻合緯度梯度假說的預測。全世界鳥種豐富度最高的地區，也就是鳥類的物種多樣性熱點，是在安地斯山脈、亞馬遜熱帶雨林、東非裂谷以及喜馬拉雅山山麓延伸至雲南及緬甸地區（圖8）。馬來群島及華萊士地區，雖然位處赤道地區，但是鳥種豐富度卻低於中南半島及喜馬拉雅山麓（圖9）。從全世界尺度來看，鳥類的生物多樣性熱點大多集中在山區等地形歧異度 (topological heterogeneity) 較高的地區；就東亞地區而言，鳥類的生物多樣性熱點也集中在地形歧異度大及初級生產力高的地區。

物種豐富度如此高的生物多樣性熱點，往往是保育工作需要更加關注的重要地區。這是因為保育資源有限，必須妥善運用使其發揮最大的效益。然而，若將全世界鳥類的繁殖範圍互相套疊，便會發現整體鳥種豐富度、狹布鳥種豐富度以及受脅鳥種豐富度的生物多樣性熱點的重疊度非常低；此外，若以相同的方式比較哺乳動物和兩棲類動物的分布範圍，也呈現同樣的現象，且不同生物類群之間的熱點重疊度亦相當低。

特有鳥種豐富度高的地區稱為特有鳥種區 (endemic bird area)，大多分布於隔離程度

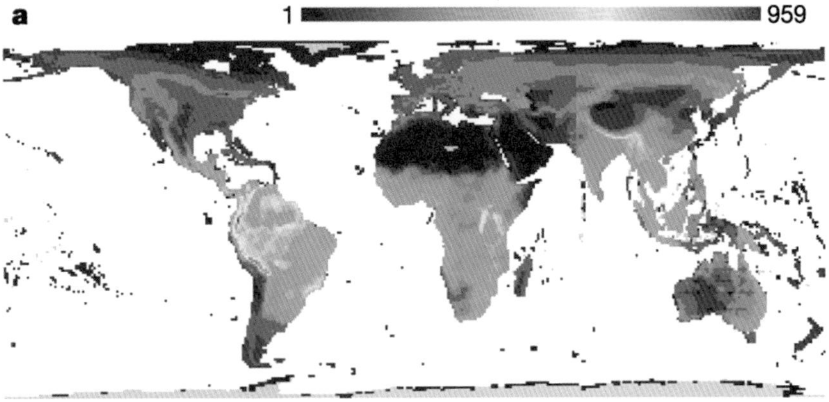

圖 8 全世界鳥種豐富度最高的地區是在安地斯山脈、亞馬遜熱帶雨林、東非裂谷以及喜馬拉雅山山區

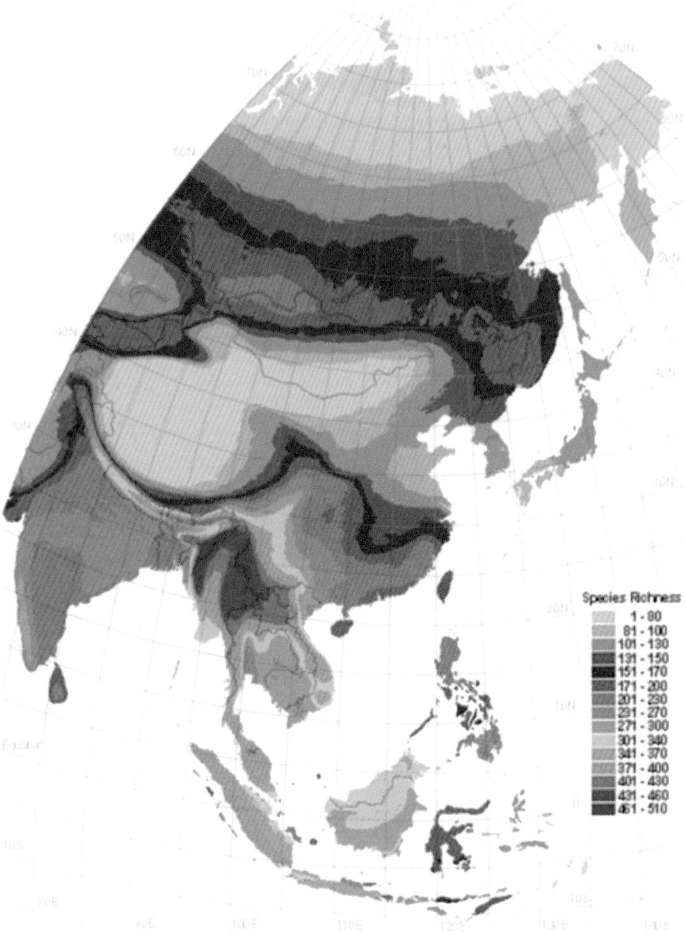

圖 9 馬來群島及華萊士地區，雖然位處赤道地區，但是鳥種豐富度低於中南半島及喜馬拉雅山麓

高的島嶼及群島，例如華萊士區的小巽他群島與摩鹿加群島；受脅鳥種則分布於棲地流失嚴重的地區，如婆羅洲、蘇門答臘及馬來半島（圖10）。經過比較各種生物多樣性熱點的組成之後，可發現整體鳥種豐富度的熱點多是由廣布種的分布所決定；而狹布鳥種與受脅鳥種的熱點則多由狹布種的分布所決定。其中狹布種的熱點亦包含58%的物種豐富度熱點與41%的受脅鳥種熱點；因此，若要妥善地發揮最佳保育效能，應該優先將保育資源投注在狹布鳥種的分布熱點上。

生物的分布隨著生物本身的播遷能力以及生物環境之間的互動而變化。然而，由於人類活動所導致的棲地過度利用、棲地流失、棲地劣化、氣候變遷以及外來入侵種等現象所造成的影響已大幅度的改變了生物的分布。為了快速掌握鳥類的分布以及各鳥種族群的變化狀況，因此近年來，鳥類的監測計畫如雨後春筍般增加。藉由鳥類監測計畫可瞭解鳥類的空間分布與長期變化趨勢，並可用其結果作為有效評估經營管理計畫的方法。由於人類對鳥類已有相當程度的瞭解，且其播遷能力強、能快速反應棲地與環境的變化狀況，因此鳥類的族群與群聚狀況如今也時常用作為反映環境品質的指標。然而，由於研究人員所執行的監測計畫無論在空間廣度與時間長度上皆有其限制，為了解決這個問題，近年來陸續發展出許多公民科學 (citizen science) 計畫，用以加強監測範圍的廣度以及監測計畫的持久性。

公民科學是研究人員與眾多志工共同合作執行的長期監測計畫。以公民科學方式進行的生態學研究，不僅擴大了研究的尺度、集中了監測的努力量，並可快速的呈現

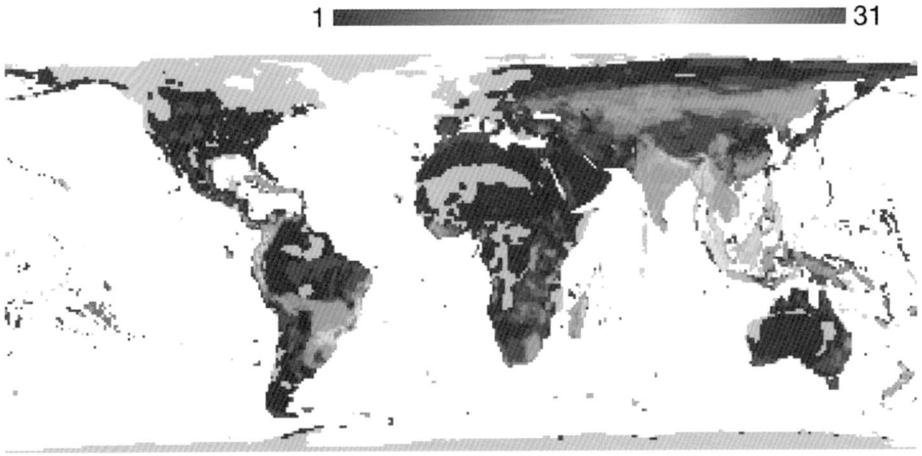

圖 10 受脅鳥種分布於棲地流失嚴重的地區，如婆羅洲、蘇門答臘及馬來半島

鳥類的空間分布與時間變化。例如美國的繁殖鳥類調查 (Breeding Bird Survey)、聖誕節鳥類調查 (Christmas Bird Count)、加拿大的候鳥監測 (Migrants Monitoring) 以及臺灣的繁殖鳥類大調查等，皆是透過公民科學的方式所進行的大規模鳥類監測。而臺灣在鳥類研究上亦不落人後，自二〇〇九起陸續推動臺灣的繁殖鳥類大調查 (Breeding Bird Survey, Taiwan)、臺灣鳥類生產力與存活率監測 (The Monitoring Avian Productivity and Survivorship program, Taiwan)、外來鳥種監測網 (Stop Alien Invasive Species) 等也是屬於長期監測的公民科學計畫。另一方面，ebird 和 Xeno-Canto 等線上資料庫所累積的鳥類分布資料也相當可觀，產出許多以往難以產生的鳥類熱度圖 (heat map)，呈現出鳥類族群量的空間分布。公民科學快速累積的大量鳥類分布資料，已經成為鳥類生物地理學研究的新素材；其與生物地理學的揉合，將可更快速地反應鳥類的存活現況，並可及早投注適切的保育資源，阻止生物多樣性進一步的流失，讓這些成功佔據天空的美麗生物，能夠繼續自由的繁殖、播遷與演化，在全球各地用羽毛展現活耀繽紛的生命色彩。

華萊士對昆蟲的狂熱

—— 李奇峰

華萊士對於昆蟲有什麼樣的貢獻？華萊士又如何領悟到生物的分布有一定的模式？這位十九世紀偉大的博物學家在遍遊南美洲及東南亞地區時過著什麼樣的生活？而後人可從兩個線索中窺見上述問題的答案：一是他的私人書信，二是他的標本收藏。本文將詳細介紹這兩個部分，並於最後對所有以他為名的昆蟲，做一個簡介，使各位讀者更可以了解他在昆蟲學上的成就。

英國自然史博物館有關華萊士的昆蟲蒐藏

華萊士被後人尊稱為物競天擇的演化論的共同發現者，在他的旅行中，採集了非常多的動物標本，以及留下不少的信件、筆記與私人物品；英國自然史博物館在二〇一二年一月向華萊士家族買下了其遺留下來的私人親筆信、與朋友間的通訊紀錄、花費的帳單、排版的稿件、抽印本、照片、證書、小筆記本、剪報、演講摘要及訃聞超過五千件；藉由審視這些物件，可進一步了解這位博物學家的內心世界。

英國自然史博物館館藏中，華萊士親手蒐集的昆蟲標本共有八百五十隻，分別存放在二十八個標本箱；此外，還有一箱存放著動物的皮毛及鳥類標本。大部分的昆蟲皆採自於南美及東南亞，由他本人和其助理所採集。華萊士如何取得經費去亞馬遜河及東南亞旅行呢？他主要靠著接受政府的委託或贊助前往當時重要的香料群島探索資源與調查地理環境，還有便是出售他所採集的動物標本。當所有的標本要運回英國，他把最好的標本打上「私人蒐藏」的標籤，準備用來研究動物的地理分布及其他學術研究，而剩下的標本則出售以換取旅費及生活費。當他從東南亞採集結束返回英國後，也藉由這些標本發表了幾篇關於亞洲的鳳蝶、粉蝶及花潛金龜之關鍵性的分類報告。

在西元一八六七年左右，華萊士決定出售他所採集的標本；在他一九〇五年出版的傳記中寫到：「只有一些標本被留下來當做回憶」，而這些回憶正是英國自然史博館所買下了的蒐藏（圖 1）。

在這個標本箱中可見許多端倪，包括一位對華萊士有著極大影響力的科學家（圖 2）。華萊士在此將蝴蝶標本排列為：最右邊一排的蝴蝶是有毒的、不會被掠食者所食用的，而中邊一排的蝴蝶則是沒有毒性的偽裝者，其藉由模仿有毒的昆蟲，並藉此得以避開天敵；此外，最左邊一排的蝴蝶則是與其右方之同種雌蝶外觀差異極大的雄蝶。此標本箱清楚描繪出「貝氏擬態 (Batesian mimicry)」與「性別雙態 (sexual dimorphism)」的現象，而貝氏擬態正是由華萊士的啟蒙兼好友的博物學家亨利・沃爾特・貝慈 (Henry Walter Bates) 所提出的，或許這箱標本正是為了紀念好友而保存下來。

貝慈是一位博學的昆蟲學家，除了之前述提出貝氏擬態，也是一位甲蟲分類學家，

圖 1 英國自然史博物館收購華萊士的標本與手稿

（圖片來源：英國自然史博物館提供）

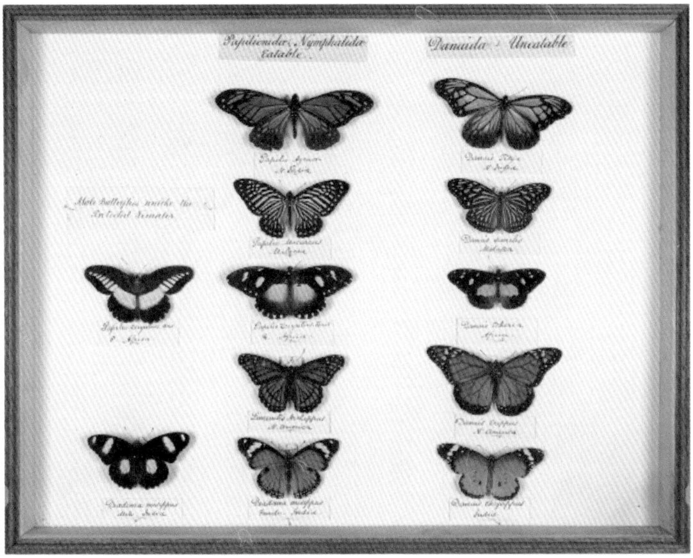

圖 2 此標本箱中，中間一排的蝴蝶藉由模仿成有毒的蝴蝶（最右邊一排）以躲避天敵，這種現象後來被稱為貝氏擬態 （圖片來源：英國自然史博物館提供）

他發表了第一篇臺灣甲蟲的分類文章 (1866。On a collection of Coleoptera from Formosa sent home by R. Swinhoe, Esp., Prof. Zool. Soc. London: 339-355)，共發表三種虎甲蟲、一種步行蟲、八種金龜子、四種鍬形蟲、五種叩頭蟲、八種天牛及九種金花蟲。華萊士第一次跟貝茲見面是在一八四四年，一間位於萊斯特 (Leicester) 的圖書館。當時華萊士是一位專科學校教師，而貝茲幫他打開了昆蟲研究之門。當時，華萊士發覺威爾斯 (Wales) 的許多昆蟲似乎跟萊斯特的昆蟲長得不一樣，因此華萊士與貝茲互相交換了一些標本。之後華萊士與貝茲常會定期的聯繫，並藉著互換多餘的標本以增加彼此的個人蒐藏。

貝茲及華萊士曾經一起到南美的亞馬遜地區採集。當在巴西採集蝴蝶時，貝茲採集到許多色彩鮮明且非常相似的種類，但牠們之間的親緣關係卻並非相當接近。此外，貝茲發現這些長相相似，但不同種類的蝴蝶中，有些種類對捕食者是不好吃的，而另一些卻是沒有毒性或可被天敵食用的；因此他推論：某些種類的蝴蝶可能為了逃避被捕食者（鳥）所捕食的壓力，而演化成與有毒的種類有著相似的外型。這些不可被天敵食用的蝴蝶都是吃乳草 (milkweed) 的斑蝶，在幼蟲及成蝶時期，這些斑蝶藉由取食的植物中獲得毒物，或是得到製造毒物的原料，而這些毒性物質會讓捕食者吃起來厭惡、極度噁心或中毒（圖 3）；擬態者的蝴蝶則屬於幾個不相關的類群（如鳳蝶、蛺蝶）並演化成外型相似於有毒的蝴蝶；但現今科學家還在研究為何裡面有些種類的雄蝶卻不會像雌蝶一樣擬態成有毒的蝴蝶。

華萊士對於動植物的保護色研究也有很大的貢獻，他提出了一些在當時算是相當

圖 3 以有毒的乳草為食的端紫斑蝶幼蟲，其鮮豔的體色可以警告掠食者以避免被誤食（余素芳 攝）

新穎的想法與概念，如「識別標記 (recognition markings)」及警戒色等。當時，達爾文對於某些毛毛蟲鮮豔的色澤感到困惑，華萊士便提出了警戒色用以解釋其鮮豔的體色，他也是第一個提出此一概念的學者。

除了警戒色之外，華萊士在幾篇文章中提到了產於亞洲的枯葉蝶 *Kallima*（圖 4，左邊四隻），其中有一篇最重要的文章稱之為「擬態 (mimicry)」。華萊士記錄了該種蝴蝶是他所看過的蝴蝶中最奇妙的，且此外型毫無疑問地是一種藉由模仿外在環境而偽裝自身的保護作用。此外，他也注意到枯葉蝶之間的色彩變異很大。華萊士如此描述：「檢查了五十隻，沒有兩隻長得一模一樣的，不過每一隻翅膀都有灰黑色、褐色、赭紅色等會出現在枯葉上的顏色，有些在翅上甚至出現一個孔的圖案，看起來好像生長在枯葉上的真菌；這些蝴蝶的翅膀中間有一條葉脈的圖樣延伸至尾部，當蝴蝶休息時，翅膀會緊緊地閉合，而後翅的尾突會接觸到樹幹，看起來就是一個完美的組合：一片從樹幹長出來的枯葉。」

這個標本箱右下角的蝴蝶為紅頸鳥翼蝶 *Trogonoptera brookiana*（不過這隻不是他採的），華萊士認為這種是世界上最華麗的蝴蝶，而且將種名獻給他的好友，為沙嶗越（現今馬來西亞的一個州名）一位令人尊敬的統治者：詹姆斯．布魯克 (Sir James Brooke)。

然而，華萊士的理論與推測也並不是每一次都是正確的。如這一盒標本展示了某些蝴蝶在不同性別之間，體色外型可能出現明顯的差異，也就是前面提到過的性別雙態（圖 5），而華萊士與達爾文曾對產生此型態的原因展開辯論。華萊士認為決定性別

圖 4 隱蔽自身的能力令華萊士也大為驚嘆的枯葉蝶（最左邊四隻）

（圖片來源：英國自然史博物館提供）

圖 5　性別雙態的蝴蝶，其雄蝶與雌蝶的體色截然不同，且不易分辨孰為雄雌蝶，因此早期的學者有時甚至將同種蝴蝶誤認為新種。雄蝶會藉由亮麗的色彩以競爭與雌蝶交配繁殖的機會（圖片來源：英國自然史博物館提供）

雙態產生的原因僅是雄蝶間互相競爭以爭取交配機會，而雌蝶本身並沒有做任何選擇，亦沒有對產生此現象有任何的影響力。也就是華萊士認為造成性別雙態演化的動力只有「天擇（natural selection）」的作用，並無「雌性選擇（female choice）」的因素；不過現代的理論則偏向達爾文的推測，認為兩者對性別雙態都具有影響。

這個標本箱總共有八十隻東南亞產的甲蟲，主要包含鍬形蟲、象鼻蟲、花潛金龜、吉丁蟲及其他甲蟲（圖 6）。當大英博物館收到這批標本時，其內的甲蟲標本已經遭受蟲害而嚴重毀損，然而在標本修復員耗費心力將這些殘肢斷臂重新黏回後，已重新展現出昔日的樣貌。

華萊士在馬來群島探險時採集到數千隻標本，並在歸國後將他旅途中的所見所聞寫成他的代表作——《馬來群島自然考察記：紅毛猩猩與天堂鳥的原鄉》（*The Malay Archipelago: The Land of Orang-utan and the Bird of Paradise*）；上排中央是塔蘭德司細身赤鍬形蟲 *Cyclommatus tarandus*，採自婆羅洲，這隻標本可能是書中插畫圖四的真實標本；標本盒中央的標本是茶色長臂金龜 *Euchirus longimanus*，是書裡插圖三十三，華萊士在書中於安汶（Amboyna 或 Ambon）時曾詳述他的觀察：「這種奇特的甲蟲非常稀有，且之前從未被捕捉過，只有當牠們飛過來吸食糖棕櫚的汁液才有機會抓到，當地人早晨有時可在收採竹子時發現牠們在竹子裡面，並慵懶的舉著他們的長臂。」

圖 6 經大英博物館妙手修復的標本箱，內有八十隻華萊士於東南亞採集之甲蟲標本（圖片來源：英國自然史博物館提供）

華萊士的昆蟲採集之旅

華萊士在一八四五年六月寫了一封信給他的朋友貝慈。信中華萊士列出二十五種可以交換的昆蟲種類名單及隻數。而在一八四五年十月寫給貝慈的信中提到，他過去三個月在英國威爾斯採集，但因為缺乏運氣、時間及金錢，所以採集到的標本不多，大部分的時間都在調查這個美麗而浪漫的地方；他也在此信中列出一張準備出售的昆蟲種類名單。

西元一八五四年四月華萊士開始了馬來群島的探險，他與一位傳教士還有一位助理一同前往。剛抵達新加坡時，雖然看到很多昆蟲，但他沒有時間去採集；然而同年五月，在寄給他母親的信中，華萊士提到了採集昆蟲的生活：他發覺與傳教士一起生活是抓蟲的絕佳機會，他非常忙碌及瘋狂地採集，並計畫寄一千隻甲蟲給在倫敦的經紀人，希望將一部分的標本出售以賺取養家糊口及旅遊的生活費用；此外，華萊士對他的助理並沒有太大的好感，只願意讓他針插胡蜂類的標本，而不會讓他針插漂亮的甲蟲。

同年九月在寫給母親的信中，華萊士繼續描述其採集昆蟲生活。在麻六甲 (Malacca) 採集兩個月後，他回到了新加坡，他描述一種非常強烈發燒 (fever) 的治療方法，事實上他指的是「瘧疾 (malaria)」。他在南美時曾經有人跟他講只需服下奎寧 (quinine) 就能治療這種強烈發燒的症狀，而他當在感染到瘧疾時無法從事採集，只得思索自己感興趣的問題以消磨時間。他想起曾讀過的馬爾薩斯《人口論》，其中提到：疾病、意外、戰爭、飢荒等天災人禍都會壓抑未開化族群的人口增長，然而這一過程將可藉著淘汰較差的個體使族群朝向進步。這時華萊士靈光乍現，推測出生物演化的機制：自然界每個生物族群都不斷受各種自然力量的汰選，而適合環境者得以存留繁衍，而這個想法正與達爾文的想法如出一轍。儘管華萊士感染過很多熱帶地區的疾病，他仍活到九十歲。

此外，信的其餘部分則多在描述他於麻六甲採集的豐碩成果；在回來新加坡後，他與沙嶗越的總督及統治者、也是其日後的好友：詹姆斯．布魯克相遇。布魯克爵士答應華萊士如果將來旅行至沙嶗越，將會提供援助。而信的最後提及他對助理的抱怨：「要不是花費太貴，我會把助理送回國；我就不會遇到粗心的助理，過了五個月還要提醒他一些事」。華萊士期待其助理應能達到他的高標準，而可憐的助理也沒有因為這些抱怨就不用去野外工作。

西元一八五五年六月華萊士在沙嶗越的三東河 (Sadong River) 寫了一封很長的信給他的姊姊芬妮 (Fanny)，他對他姊夫的照相事業提出一些建議，並描述他在沙嶗越養豬及種植蔬菜的生活。此時，倫敦那邊願意提供一個新的助理，而華萊士則列出一個冗長的清單來描述這個助理應該要符合的條件：這個助理必須能以米飯及鹹魚為食生活一個星期，且沒有酒或茶可以喝；需要會剝動物的皮來製作標本，而那些動物聞起來很刺鼻；一天能走二十哩路、能畫圖、講法文、且手寫流利等等。這實在令人好奇是否真的有人能符合華萊士所開出來的條件，不過可以確定的是他現任的助理顯然是無法符合的。華萊士總是抱怨著必須不斷地提醒他的助理去修正工作上的細節，如做蝴蝶展翅標本時，插針的高度不夠平均；華萊士對其助理製作的鳥類標本批評甚多，包括在填充棉花時，棉花都集中在頸部的一側導致標本的頭偏向一邊、腳交叉放置、應直立的姿勢卻做成彎曲的等等；經過了十二個月，仍然需要不斷地提醒，且沒有任何改善的跡象；不過華萊士也讚賞其助理的野外工作能力，尤其在採集昆蟲方面做得相當出色。

一八五六年二月在返回新加坡的途中，他寫了一封信給他的姊姊芬妮，提及了他的腳部感染及與布魯克總督在沙嶗越相處愉快，信中提到布魯克總督非常努力地保護其管轄地內的居民不受外人侵害，華萊士認為他是一個紳士，而不像一個貴族。而在這次的信中，他也跟他姊姊講述了一件令其感到五味雜陳的事情——他的助理已經離開他，並留在婆羅洲與當地的主教一起教書；儘管對他有諸多抱怨，但或許華萊士已漸漸喜歡這個助理了，他在信中承認對於該助理的離去，華萊士不知道應該感到高興還是悲傷：「感覺心中好像終於放下一塊大石頭，然而他在採集上又能採集到不少好東西。」

此外，華萊士在這封信中，也特別指出來他在婆羅洲的採集是非常成功的。除了動植物及鳥類標本之外，他採集了超過兩萬五千隻標本，這是一個不可思議的的數量。他的採集量或許是當代最多的，然而華萊士除了將一部分的標本用作私人蒐藏外，其餘皆出售以賺取旅途費用。

一八五六年四月華萊士寫信給他的好友貝慈，由於貝慈是個昆蟲學家，因此華萊士在信中展現出他對昆蟲的熱情。信中非常詳盡地述說了他在馬來群島的昆蟲記錄；他在麻六甲及新加坡待了六個月，而沙嶗越則待了十五個月。華萊士在信中提到，他注意到馬來群島與南美洲亞馬遜的昆蟲有所差異，而最大的不同在於沒有日行性的鱗翅目（蛾），這也是他最失望的一點；雖然如此，他很興奮地宣告發現了一種新種蝴蝶：紅頸鳥翼蝶（*Ornithoptera Brookeiana*），並將種名獻給他的好友布魯克總督（圖 7）。

華萊士統計了每一個區域所採集到昆蟲的數量及種類（總共六千種、三萬隻標本），並要求貝慈寄給他在亞馬遜採集到的所有昆蟲，方可以對這兩個區域的昆蟲進行詳細的比較。之外，這封信中也展現出華萊士在採集上的競爭性，他問貝慈：「你一天採集甲蟲最多的種類數是多少？我的是七十！」這顯示出他對昆蟲採集的狂熱及亟欲與朋友分享其在採集上的成就。

華萊士在信中也詢問貝慈是否有將收藏的標本依據採集地而分類整理；華萊士描述自己會將採集地標註在每一個標本上，並建議貝慈也應做同樣的事，如此一來在比較不同地區之間的昆蟲就顯得容易許多。或許也因為這樣的做法，使得華萊士日後得以比較物種在地理分布上的差異，並根據這些紀錄提出「華萊士線（Wallace's line）」，並因此被尊為生物地理學之父。而華萊士對於標本資料的統整技巧完全是自學的，或許來自年輕時在測量鐵路時所必需的一絲不苟，而這也引領昆蟲學日後發展出對於採

圖 7 紅頸鳥翼蝶 (*Trogonoptera brookiana*)，此蝶由華萊士所命名，種名乃是為了紀念他的好友詹姆斯・布魯克爵士 (Sir James Brooke)（呂晟智 攝）

集及製作物種名錄的科學方法與流程。

一八五八年三月，華萊士寫給昆蟲學家弗雷德里克·貝慈（Frederick Bates），他是亨利·貝慈的兄弟，之前有評論過華萊士的採集品。華萊士估計他採集到的昆蟲會有四分之一是新種，此外，他還在信中描述他是如何採集微小的昆蟲：「我花了好幾個小時跪在潮濕的砂土及落葉，尋找小東西，用我濕掉的手指指尖挑起蟻塚蟲(Pselaphidae)」。由此可看見華萊士對於昆蟲的熱誠，同時也相當地以他的研究為榮。此外，華萊士評論了一種虎甲蟲的體色如何與地上的砂石相契合：「一隻標本站在海邊的沙岸，牠的色型完全吻合砂的色型，使這隻蟲完全看不到，除了牠的影子！」（圖8），這個現象讓華萊士又想到：「這些事實讓我困惑了很久，但我最近想到一個理論來解釋這個現象」。而他所提出的理論就是今日我們說的「隱蔽作用（camouflatge）」，然而在當時幾乎沒有一個博物學家想到這個觀念，可見他敏銳的觀察力與想像力；而這些熱誠、榮譽感、觀察力與想像力等，皆對華萊士今日在歷史地位上的成就有著不可或缺的影響，亦可說這些特質使得他在昆蟲學、生物地理學與演化學等的貢獻，至今依然被學者們傳誦。

圖 8 沙灘上的虎甲蟲，其體色與背景融為一體，藉此隱蔽自身以躲避天敵或靠近獵物（王惟加 攝）

華萊士研究了多少甲蟲？

雖然華萊士在馬來群島的研究以天堂鳥及蝴蝶最廣為人知，然而他對於漂亮的甲蟲也多有涉獵，而其中他最鍾情的是金龜子。華萊士在一八六八年發表了一篇長達八十三頁的研究報告，也是他唯一一篇研究甲蟲的報告：〈馬來群島花潛金龜名錄及新種描述〉(Wallace, A. R. 1868. A catalogue of the Cetoniidae of the Malayan Archipelago, with descriptions of the new species. Transactions of the Entomological Society of London (ser. 3) 4 (part V): 519-601.)，華萊士提到此區花潛金龜最早的名錄是由高里 (Gory) 和佩舍 (Percheron) 發表在〈Monographie des Cétoines〉上，總共四十五種，且大部分採自爪哇島；後來布爾梅斯特 (Burmeister) 在一八四二年所出版的書《*Handbuch der Entomologie*》，已統計到六十種；而大英博物館在一八四七年所發表的〈List of Cetoniadae〉裡則增加至七十四種；菈柯黛兒 (Lacordaire) 在一八五六年所發表的〈Genera des Coléoptères〉則列舉出八十五種；最後又由湯姆森 (Thomson) 描述了九種，弗倫霍芬 (Vollenhoven) 描述了十四種，再加上其它作者描述的五種，因此種類數達到一百一十三種。華萊士在這篇研究報告中，除了統整上述各篇的甲蟲種類外，在這篇報告中也發表了六十八個新種，將馬來群島的甲蟲總類數提升到一百八十一種；而他所描述的種類便占了 37%。若從這點來看，加上華萊士在東南亞探險時，他所收穫的標本亦以甲蟲占了大多數，華萊士應也可以說是一位金龜子大師呢（圖 9）！

圖 9 此圖中的三隻花潛金龜為華萊士親自發表命名的標本。華萊士曾發表了一篇關於馬來群島花潛金龜的詳細名錄，可說是馬來群島的金龜子大師（圖片來源：英國自然史博物館提供）

有多少昆蟲是以華萊士為名？

華萊士除了在生物地理學研究享有盛名，所採集的昆蟲標本也是非常多，因此有不少的昆蟲種類為了紀念其貢獻，因此以他為名。這些昆蟲共計有一種蝨子（毛蝨目）、一種蜉蝣（蜉蝣目）、兩種蟑螂（蜚蠊目）、一種椿象（半翅目）、一種竹節蟲（竹節蟲目）、五種蝴蝶及蛾（鱗翅目）、三十九種甲蟲（鞘翅目）、一種蒼蠅（雙翅目）及兩種螞蟻及蜂（膜翅目）。而最後，筆者於此挑選了一些有趣或是漂亮的甲蟲並分述如下，並在藉著欣賞這些昆蟲，感嘆大自然造物之妙的同時，亦緬懷這位如此傑出的博物學家。

天牛類：

Agelasta wallacei（= *Choeromorpha wallacei*）：華萊士自沙朥越採集，由 White 在一八五六年命名。天牛為主要危害植物枝條的昆蟲之一。

金花蟲：

鈍色側刺葉蚤 *Aphthona wallacei*（= *Aphthona strigosa*）：此種自弗洛勒斯島 (Flores island) 採集，由 Baly 在一八七四年發表，不過現在是 *Aphthona strigosa* Baly，一九七四的同物異名，臺灣也有這種金花蟲，體型非常小，約 2.1-2.3 公厘。金花蟲大多取食植物的葉片（圖 10）。

吉丁蟲：

Calodema wallacei (Wallace's Jewel Beetle) ：此種採自新幾內亞，由 Deyrolle 在一八六四年發表；吉丁蟲大多取食植物的葉片。

出尾蟲：

Calonecrus wallacei (Nitidulidae) ：自沙嶗越採集，由 Thompson 在一八七五年發表；此類出尾蟲取食樹幹流出來的汁液（圖 11）。

步行蟲：

Catascopus wallacei：採自印尼的米蘇爾島 (Misoöl island) 及衛吉島 (Waigeo island) 及曼諾瓦里 (Manokwari)，由 Saunders 在一八六三年發表；此種步行蟲為日行性，以捕食其他昆蟲為食。

虎甲蟲：

Cicindela wallacei (= *Enantiola wallacei*) (Wallace's tiger beetle)：採自蘇拉威西，由 Bates 在一八七四年發表。虎甲蟲是日行性的肉食甲蟲。

出尾蕈蟲：

Diatelium wallacei，又稱長頸出尾蕈蟲 (long-necked shining fungus beetle) ：採自蘇門答臘及沙嶗越，Pascoe 在一八六三年發表。此類甲蟲稱之為出尾蕈蟲 (Staphylinidae: Scaphidiinae)，以蕈類為食，大多是夜行性，夜晚可在蕈類上看到牠們的蹤跡。此蟲的頭部特別狹長，非常有趣；臺灣的種類頭部都很短，如下圖所示（圖 12）。

圖 10 鈍色側刺葉蚤 *Aphthona wallacei* (*Aphthona strigosa*)，以華萊士命名的金花蟲，在臺灣亦可發現它的蹤跡（曹美華 攝）

圖 11 農業試驗所典藏的出尾蟲 (*Calonecrus wallacei*)

（圖片來源：農試所提供）

三錐象鼻蟲：

Ectocemus wallacei (= *Ectocemus decemmaculatus*)(Montrouzier, 1855)： 採自巴占群島 (Bacan island)，由 Pascoe 在一八六二年發表。三錐象鼻蟲大多取食植物葉片。

花潛金龜：

Lomaptera wallacei (= *Ischiopsopha wallacei*)： 採自阿魯群島 (Aru islands)，由 Thomson 於一八五八年發表。花潛金龜為訪花性金龜子。

鍬型蟲：

Prosopocoilus wallacei (Wallace's Stag Beetle)：不知採集地為何，由 Parry 在一八六二年發表。鍬型蟲大多夜行性，取食樹幹上留出來汁液。

圖 12 臺灣的出尾蕈蟲

（曹美華 攝）

Frith Hill, Godalming.
June 16th. 1884

Dear Sir

I informed Mr. Tebb when sending him my paper that the reason I did not wish to put my name to my little paper on the Vaccination question was, that the facts, which are the essence of it, were taken from others at second hand & that I have no means of verifying them without an amount of labour & loss of time which I cannot give

I merely thought that the striking facts given by many of your best writers were too much overlaid with collateral

（圖片來源：A. R. Wallace Memorial Fund & G.W. Beccaloni）

第三篇

襲產的庇蔭與傳承

追隨華萊士的足跡而忘記回來的博物學者

——林良恭

燦爛的南國陽光與蒼鬱的高山森林，這是臺灣特有的自然氣息；一位外來的旅者——鹿野忠雄，順著自己的心路登上臺灣的高山，找到了臺灣的精神，也在山和海之間尋覓華萊士的足跡，更在學術殿堂裡找到了人間千古。

近代臺灣生物地理學的發展

華萊士 (Alfred Russel Wallace) 在一八九五年出版的《島嶼生命》(*Island Life*) 一書中，曾經描述過臺灣哺乳動物與鳥類的物種組成，他在書中更特別推崇斯文豪 (Robert Swinhoe, 1836-1877) 對臺灣自然史調查的開拓貢獻；斯文豪是最早幾位前來臺灣採集的外國學者之一，他的本職是英國的駐外官員，但基於對生物的熱愛，他曾多次深入臺灣山區作有系統地調查研究，紀錄臺灣特有的生物相。臺灣的生物有許多是由斯文豪親自命名發表的，也有些是為了紀念他的貢獻而以其姓氏命名的。在島嶼生命這本書中，華萊士於一開始介紹臺灣這美麗寶島——Formosa 的篇章裡，便充滿著驚奇與讚美的字眼，在這一章的最後，點出臺灣與中國大陸親緣相近的物種之間，曾發生過現今我們所謂的「地理隔離後種化 (Allopatric speciation)」的現象。

一九〇三年，大衛森 (James Wheeler Davidson) 在他所寫的《臺灣之過去與現在》一書中，引用了華萊士介紹臺灣動物的章節，但他也批判日本的動物學家很奇怪也很悲哀，在殖民臺灣期間竟無法有效地探究與了解臺灣如此豐富的動物相。但若將時間拉至一九一〇年，台北帝大（今臺灣大學）成立，日本生物學者隨即來台考察研究之後再作評斷，大衛森的看法或許就得稍作修正了。尤其在一九二五年，一位在東京長大、並熱愛昆蟲的中學生，挺起胸膛跨海前來臺灣讀高校起始。多年之後，他的腳印已遍布全臺灣山林，更包括了在臺灣東南方的神祕小島——紅頭嶼（蘭嶼）；他的研究領域涵蓋了博物學、人類學及地理學，並循著華萊士的足跡繼續前進，將當年華萊士對亞洲與澳洲所劃分的生物地理線加以修訂。這個人的名字叫做鹿野忠雄 (1906-1945)（圖1），他對於臺灣的自然史、人文史與地理學上的研究貢獻可稱作是前無古人，後無來者。

一九二八年，日本生物地理學會成立，當時全世界只有法國才有類似名稱的學會組織。那時的生物地理學其性質乃是圍繞著地理學、博物學、分類學及演化學所發展出的綜合體，之後由於遺傳學的發展，加上分子演化學等學門的昌明，可對生物的演化提出有力的解釋，更讓生物地理學的舊枝萌生新芽。在生物地理學的發展史上，華萊士的貢獻經常被忽略，大家似乎只知道他和達爾文各自演繹出「自然選擇」的演化機制，然而影響生物分布之重要因子如氣候、絕滅、擴散、競爭與捕食等等，華萊士都曾經提到過，在今日的生物地理學中，也仍然被廣泛探討著。鹿野忠雄對於臺灣生物相的著迷，尤其是對於臺灣高山動物地理與蘭嶼生物地理區系的劃分，更加深他對華萊士的動物地理理論的好奇心，也讓他決定追根究底去探討從未踏上臺灣的華萊士對臺灣的研究的正確性。

鹿野忠雄的生平簡介

鹿野忠雄自小就相當著迷於昆蟲研究，十六歲便已在日本的昆蟲期刊上發表了關於蝴蝶的學術性論文。之後，他聽聞日本昆蟲學家橫山桐郎對於臺灣豐富昆蟲資源的讚嘆，因此深受影響且決心前來臺灣進行昆蟲研究，並於一九二五年考取當年初建校的台灣總督府高等學校（該校校址即今日之國立台灣師範大學）。

若從今日的標準來看，他在就學期間絕對稱不上是一個表現良好的學生。鹿野忠雄時常前往今日的烏來、陽明山等地採集昆蟲而無法上課，因此成為該學校創校以來第一個受到留級處分的學生；儘管如此，鹿野忠雄依然忘情於臺灣的山林，且逐漸對臺灣當時的原住民文化產生濃厚的興趣與情感，甚至深入當時仍人煙稀少的紅頭嶼——蘭嶼，記錄當地的物種與達悟族人的文化習俗，並將他的調查成果發表在日本知名的民族學及人類學期刊上，顯示鹿野忠雄於此時期，已逐漸將他的研究重心由單純的生物學科轉往將其與人類學科融合，而當時鹿野忠雄年僅二十一歲。

一九二九年，鹿野忠雄的上課時數仍未達標準，但卻因多篇論文的研究成果，而使當時的校長三澤糾看見了鹿野忠雄與眾不同的資質與潛力，遂力保他順利畢業。同年他考上東京帝國大學地理科。此時，鹿野忠雄在生物學、地理學與人文科學上都已有相當的造詣，並將三個學門揉合而集博物學之大成；而在那個時代最偉大且值得他效法的博物學前輩便屬華萊士，因此鹿野忠雄的研究發展在當時正像是站在大師肩膀上的一顆新星。

大師之間的相同之處

或許讀者會好奇華萊士與鹿野忠雄兩位生物地理學大師之間的關係，想當然爾，華萊士根本不認識鹿野忠雄，華萊士逝世於一九一三年而鹿野忠雄出生於一九〇六年；然而，鹿野忠雄卻是十足地深受華萊士的啟發，但若論及臺灣的動物地理學研究，鹿野忠雄則更是青出於藍。兩人的相似之處是他們都是真正的田野生物學家（Field Biologist），在那個交通運輸甚不方便的年代，調查工具亦相當地簡陋，他倆都曾冒著危險深入陌生部落，並帶著對自然生物的熱愛與科學求真的態度，將生物地理學推上學術的頂峰。

此外，對於生物地理學上的觀察，鹿野忠雄不單只看見生物種的分布，他更強調該地區過去的地質年代、氣候與環境變遷等因素對生物分布所造成的影響，這一點他亦忠實地承繼了華萊士的看法。套用他在臺灣高山動物地理研究的博士論文中寫的一段文字：「臺灣這個島曾有一時，隨著較冷的氣候，北方動物相的成員在臺灣山區較高海拔的地方發展起來。當然氣候變暖時，牠們也因為不利的氣候轉變而絕滅。換句話說，在高山山區，當氣候持續地變涼，北方型的物種興旺，而南方型的物種則苦於不利的氣候條件；氣候逐漸暖化，較溫暖的氣候取代了寒冷的氣候條件，亞熱帶型的物種便能毫無阻礙地從大陸遷移進來。另一方面，北方型的物種則無法忍受較暖的氣候，於是沿著隆起的次高山山脈往上爬升，在那兒牠們終年都很安全……。」

鹿野忠雄對臺灣生物地理學發展的貢獻

臺灣生物地理學的發展史，可溯自臺灣陸域哺乳動物地理學有系統的研究起始。那時是一八六〇年代，當時西方人士開始來台探險、尋找香料樟腦等資源，並同時採集島上生物標本。大致而言，臺灣陸域哺乳動物地理研究的研究史可分成三個階段，第一階段是自一八六〇年至一九四五年。這八十多年來，大部分的研究報告多著重於哺乳動物的採集和分類，而鹿野忠雄的博士論文〈次高山山區的動物地理學研究〉

(Zoogeographical studies of the Tsugitaka Mountains of Formosa) 乃集此期之大成。第二階段則是一九四〇至一九八〇年，這四十年間，臺灣陸域哺乳動物地理的研究主要是著重在跨區域的物種分布比較，尤其是中國大陸的物種。第三階段則因八〇年代 DNA 分子生物學蓬勃發展之後，臺灣陸域哺乳動物地理學研究也隨著潮流開始研究親緣地理(Phylogeography)，研究範圍也拓展亞洲各區域，但仍只侷限各個物種類群層次。

亞洲地區，尤其在東亞亞熱帶地區，含括了琉球群島、臺灣及中國南部，在生物地理學上屬於舊北區和東洋區的交接地帶；由於地處交接帶，因此該地區的哺乳動物同時混雜了北方系和南方系的物種，導致此區哺乳動物豐度相當地高。此外，隨著過去數百萬年間，間冰期與冰河期所造成的海升海降，琉球群島及臺灣與中國南部之間時而露出陸橋、時而形成海峽，大陸與島嶼之間的分分合合，使得期間的生物聚聚離離。就拿哺乳動物作例子吧，我們可以推測在這種情況下，各地域不僅保存了原有豐富的哺乳動物多樣性，更有多種哺乳類分別在不同的地域發生種化。然而，本區哺乳動物多樣性的實質仍有許多未知之處，近緣種之間的系統關係也不是十分清楚。因此，探究這個地區哺乳動物多樣性的起源，應是了解該地區生物種化以及系統演化的一個重要的先決條件。

鹿野忠雄除了研究雪山山區（次高山）的動物地理學分布，尋找斯文豪所主張的隔離後種化的證據外，亦未曾放棄過對華萊士在動物地理學理論的關注，尤其對於動物地理區系的界線應更往北邊延伸，並應該就在我們的腳下的這一個假設，鹿野忠雄可說是特別執著，他也因此深入當時仍人煙稀少的神祕島嶼——蘭嶼，有系統的進行調查研究。我們可以想見，當年鹿野忠雄站在蘭嶼山頂，涼風吹過他汗濕的衣襟，眼光眺望藍藍太平洋的巴士海峽。我猜，當時的他或許正在沉思著《島嶼生命》這本書中，華萊士所提的地理分界線應該更向北邊延伸至此處他正站著的地方。由於琉球群島與臺灣都是島嶼，也必然含有多種由中國南部因地理隔離而分化產生的新物種，且這些新種應與大陸之原生種親緣相近。然而鄰近臺灣的蘭嶼卻缺少臺灣本島的優勢生物，因此與其說蘭嶼和臺灣的關係近，倒不如說蘭嶼與菲律賓有更大的關聯。如此一來，在一九二三年因菲律賓物種的特殊性而被梅里歐 (Merrill) 修訂過的「新華萊士線 (Neo-Wallace Line，鹿野忠雄的稱呼)」似乎要向北延伸至蘭嶼了。鹿野忠雄在當時或許是十分興奮雀躍的，因為他早在高中時代就已經有了這樣的預感與想法了。在經過了十次前往蘭嶼採集調查，他所得到的結果，已足以將他的預感轉化成科學上的證據了；於是鹿野忠雄將這些研究成果在一九三三至一九四四這十餘年間，連續發表了七篇討論新華萊士線的文章。

追尋鹿野忠雄在高山上的足跡

鹿野忠雄對於臺灣的高山動物地理學最是念念不忘。他多年縱橫臺灣群山，體悟臺灣的高山是如此吸引人，有冰河遺跡、有複雜多樣的生物資源、還有原住民從祖先那兒口耳相傳下來的山岳神話。鹿野忠雄認為臺灣高山山區裡殘存著多種早已在中國南部滅絕的北方系哺乳動物，可惜這些已種化的近緣種，其之間的分類位置並不明確，因此無法推定各近緣種的關係及其分化年代。一九二五年至一九三三年，前後八年間，鹿野忠雄足跡踏遍了雪山山脈與周邊山區，共進行了六次大調查，路線包括：雪山西北坡、雪山東向坡、由大甲溪上溯到雪山、由志佳陽上雪山，經雪山西稜下至大甲溪畔的烏來社、以及縱走雪山山脈各峰（主峰往南的稜線），調查到的脊椎動物共計有：哺乳動物十四科四十二種、鳥類三十五科九十四種、爬行類十一科四十九種以及兩生類五科十七種（上述統計資料不含蝙蝠、遷移性鳥類與守宮類）。

鹿野忠雄亦對筆者的研究所有啟發。當年鹿野忠雄在其博士論文探討有關臺灣次高山（雪山）動物目錄中列了二種鼴鼠名，一為分布於平地至海拔四百五十公尺處的 *Mogera insularis*（臺灣鼴鼠），此種類為大家所熟知；另一種則分布於海拔一千公尺至一千五百公尺的 *Mogera montana* (Kano 1940)（高山鼴鼠）。但是後者就有如幻影一般，沒有其他學者探討過該物種，也沒有真正的分類學報告或其他資料，這在生物學上是一個無效的寫法。多年來我一直深信鹿野忠雄是對的，於是我就與日本東京科學博物館川田伸一郎博士多次在臺灣高山野外採集，終於發現臺灣的確存在另一種鼴鼠，我們也將此鼴鼠命名為 *Mogera kanoana*（鹿野氏鼴鼠）以紀念鹿野忠雄對臺灣自然史的貢獻（圖 2）。

圖 1 鹿野忠雄

圖 2 上：鹿野氏鼴鼠；下：臺灣鼴鼠

融合民族與生物的人道先行者

鹿野忠雄於一九二九年及一九三〇年在日本的《動物學雜誌》(*Zoological Magazine*)上發表了臺灣哺乳動物習性的論文報告。正如臺灣自然文學家吳永華所說：「…這是鹿野從一九二五至一九二九年間縱情山林的田野經驗，他將原住民對動物的知識融入其中，是瞭解臺灣哺乳動物生活史的最佳原始材料…」，現在看來，這樣的資料就是目前最夯的民族生物學最佳典範。鹿野忠雄說過：「我與原住民去過一些動物學者未曾採集過的地方，我與他們共同狩獵，在山谷之間尋覓動物蹤跡，他們和其祖先一樣，對動物習性非常瞭解，我很幸運與他們在一起…」

鹿野忠雄強調原住民對動物的稱謂相當重要，其不厭其煩地將所知道之不同部落的不同稱呼一一列出，如泰雅族稱獼猴為「Yogai」、山羊叫「Mitchi」、山羌叫「Para」、水鹿為「Kannofu」、野豬叫「Simukkoi」等等。他推崇原住民對於動物的知識相當詳細且正確，如專家只能辨識手邊的小鳥標本，然而原住民卻能夠依照姿勢、飛法與鳴聲等行為正確地判定；此外原住民更有自己分類的動物名字，而名字越豐富，代表他們對動物的認識越深入，因此他詳細的紀錄原住民的文化，從這裡也可看出其對於臺灣自然環境與民俗文化的熱愛。

鹿野忠雄在臺灣山林所留下的足跡，豐富感人，他不是以殖民掠奪心態對待臺灣的自然、生物、原住民與文化，他是真正的人道者，謙虛的科學家。在他最後遺作《山、雲與番人》的前言寫著：「對於成長於臺灣，正在待命前往東南亞探險的我，本書雖然微不足道，感覺好像是小學時候努力畫出的一張幼稚圖畫，但是仍然帶給我一連串懷念的線索。」這似乎也與華萊士晚年他深深懷念在印尼群島的生活有著英雄惺惺相惜之感。

忘記回來的博物學者

如果沒有戰爭，如果鹿野忠雄沒被派去去東南亞，如果他能戰後劫餘歸來，如果上述的假設一一成了真的話，我相信鹿野忠雄一定可以使臺灣的自然史研究在全世界大放異彩，臺灣在生物地理學上的腳色也將因為鹿野忠雄的研究而有了更獨特看法與地位，甚至我曾想像鹿野忠雄最終可寫出如華萊士的《島嶼生命》般氣勢磅礡的巨作——《福爾摩沙上的生命》(*Formosan Life*)，且事實上他所留下的著作確實已有如此規模了。

關於這位生物地理學新星不幸殞落的原因，在一九九二年由日本學者山崎柄根所撰寫的《鹿野忠雄》（楊南郡翻譯，一九九八年由晨星出版社出版）一書中已大致說明（圖3），鹿野忠雄可能在他以陸軍雇員身份前往婆羅洲進行民族調查期間，被自己國家的憲兵所殺害。這個事件沒有留下任何文件、相關遺物或是骨骸，唯一遺留下來的，只有在地原住民的目擊說法與鹿野忠雄就這樣消失了的事實。套句日本人的用語，他是

圖 3 《鹿野忠雄》（楊南郡翻譯，一九九八年由晨星出版社出版）

完完全全在戰地「蒸發」了；然而，這樣的事實著實令人難以接受，因此人們為他的失蹤做了美好的解釋。《鹿野忠雄——縱橫臺灣山林的博物學者》一書中引用了楊南郡先生與鹿野忠雄在臺灣的原住民好友——托泰・布典的對話，托泰說：「楊先生，你真的覺得鹿野忠雄先生還活著嗎？告訴你，我也是這麼想！八年前，我到日本探訪鹿野夫人靜子女士，她說她始終相信鹿野先生還在人世，他只是在叢林調查南島文化史，過度深入而忘記回來…」也因此今日學者們提到鹿野忠雄，便尊稱他是一位「忘記回來的博物學者（A Naturalist Who Forgot to Return）」以作為紀念，並在心中緬懷這位優秀的博物學家。

鹿野忠雄是如此地捨不得離開臺灣，捨不得臺灣的自然山林，捨不得臺灣的飛禽走獸，殷殷期盼能夠重回這塊寶地。這份思念之強烈，總使得當我踩在臺灣的山林荒野中聆聽野生動物鳴叫聲時，或是當我走進原住民部落，傳來老朋友天真熱情的招呼聲時，那一剎那之間，我彷彿可以看見鹿野忠雄露出了欣喜的笑容，並拿起筆、低下頭在他的筆記本上奮筆疾書著……

黑潮帶來的訊息—蘭嶼海蛇

—— 杜銘章

我望著牠們曼妙的身姿款擺地游進了黑潮的洪流中，頓時領悟到華萊士看見的大地上生物的分布和我看見的大海裡生命的通路竟是連結著的。

黑潮的訊息

黑潮源起於菲律賓，往北流經臺灣東岸，再經琉球列島到達日本東岸，並在此與從北邊南下的親潮寒流會合後往東橫越太平洋。這股強大的暖流其流速每秒約一百至兩百公分，也就是時速可達七公里以上，比我們一般人步行的時速（約五公里）還要快。可以想見，許多海洋生物藉著這股暖流，可以輕鬆的由南往北擴散，而它溫暖的環境也敝蔭著難以承受低溫的眾多生命。的確，日本的珊瑚礁是全世界分布最北邊的珊瑚礁，沒有這股強大的暖流，大家熟知的熱帶珊瑚礁將難以擴展到這個北國之境。不只熱帶珊瑚礁如此，源起於熱帶的海蛇也隨著黑潮來到這個北國之境，為了研究海蛇的島嶼分布，我順著黑潮往上到牠們分布的最北界，然後我逆著黑潮往南到它的起點——菲律賓，就這樣我領悟到黑潮帶來的訊息，這是一個有關於蛇和人的故事。

海蛇的偏好

故事要從我和佛羅里達大學的李理懷特 (Lillywhite) 教授合作談起，我們意外的發現海蛇需要喝淡水，這個發現不但顛覆了教科書的說法，還開啟了我後續的一系列海蛇研究，並帶我沿著黑潮走出臺灣。首先我注意到有淡水流入的珊瑚礁地區海蛇較多，但淡水供應最多的河口卻又沒有海蛇，如果牠們需要喝淡水，為什麼不出現在淡水最多的河口？觀察一下河口和海蛇較多的珊瑚礁地形，就會注意到河口都只是沙灘或小石灘，想像一下海蛇來此攝取淡水，在完全沒有掩蔽的情況下應該會全身不自在，而那些有淡水流入的珊瑚礁地形則有許多的孔隙提供海蛇躲藏；進一步觀察蘭嶼的珊瑚礁地形，可以簡單的分為兩大類，一類我們稱為高位珊瑚礁（圖 1），另一類就是低

圖 1 高位珊瑚礁在漲潮時仍會在水面上且有許多孔隙

位珊瑚礁（圖２），前者在漲潮時不但仍然露出海面而且孔洞明顯較多，後者在漲潮時多半已淹在水下。因此我們可以簡單的將蘭嶼的海岸分為三類，即高位珊瑚礁、低位珊瑚礁和沒有珊瑚礁，每類的地形再依據淡水的有無分成兩種，總共就會有六種的棲息地形態。每個棲地形態都找到五個樣點，然後到這三十個樣點用同樣的方法和人力尋找海蛇。結果三種海蛇幾乎都出現在有淡水的高位珊瑚礁樣點，就這樣我們發現海蛇在晚上的時候，會選擇到具備淡水和容易躲藏的海岸休息（圖３）。

圖 2 低位珊瑚礁在漲潮時會淹在水面下且孔隙較少

圖 3 海蛇在晚上時會聚集在有淡水又隱蔽的地方

綠島的人潮會嚇走海蛇嗎？

在我們研究海蛇棲地選擇的同時，營建署有個綠島海洋生物調查計畫，我受邀協助調查綠島的海洋爬蟲類，經過一年的調查，綠島和蘭嶼比較起來竟少了一種蘭嶼最多的海蛇，也就是海棲性最強的闊帶青斑海蛇（圖 4）。這兩個島相距只有約六十四公里，蘭嶼數量最多而且游泳能力最好的闊帶青斑海蛇，怎麼在鄰近的綠島就忽然消失了？綠島這幾年發展水上觀光，每年夏天的遊客量多到令人咋舌，海邊浮潛的遊客一波接一波，海面上滿滿的人潮像鍋子裡下滿了水餃在水面上漂啊漂似的，難道是這裡太多的遊客把牠們嚇跑了嗎？然而若真的是因為遊客太多，其他的海蛇為什麼不受影響？這個疑問一直到我去了小蘭嶼才找到比較合理的解釋。

「是太多的遊客把牠們嚇跑了嗎？」對我們研究生物學的人好像是個題外話，講到現在綠島的觀光發展，甚至是全臺灣的觀光方向，幾乎都走向廉價競爭剝削環境資源的路線，消費者看似受惠了其實卻不然。因為旅遊品質的下降再加上環境逐漸破壞髒亂，沒多久美好的自然資源就不復在了，沒有了自然資源和野生動物，即使價錢再便宜，也不會有太多人想去。

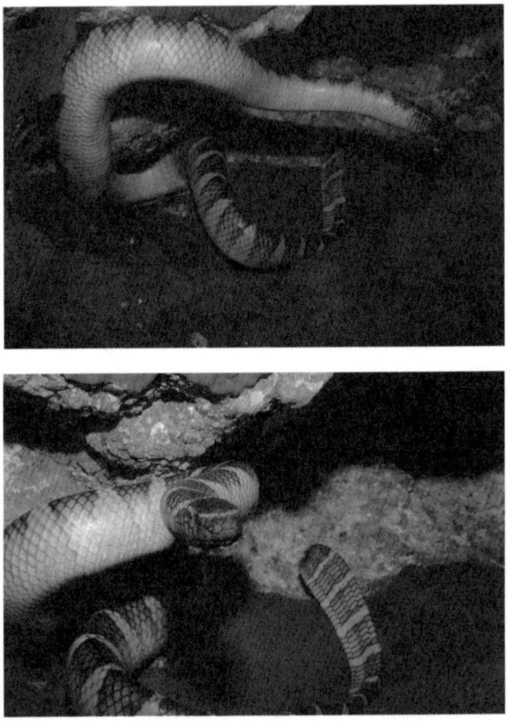

圖 4 闊帶青斑海蛇的海棲程度最強，尾部的面積也最大

小蘭嶼的垃圾會讓海蛇不再來嗎？

沒多久，我又受邀去小蘭嶼協助調查海蛇，我們雇了艘小漁船帶著淡水、食物、帳篷和一些生活用品就從蘭嶼航向小蘭嶼，那裏沒有碼頭，船無法靠岸，只能在離岸一小段距離的地方下錨。我們將怕濕的物品包在層層的塑膠袋內，再放到一個充氣的橡皮艇內，然後研究人員一個一個跳入水中，推著橡皮艇游向岸邊。這樣來回幾次才將所有的物品搬上小蘭嶼。二十多年前我在蘭嶼研究海蛇的時候也曾造訪過一次小蘭嶼，那一次只有短暫逗留而沒有過夜。事隔這麼多年再踏上小蘭嶼，印象特別深刻的差異是小蘭嶼的岸邊已經充滿各式各樣的人為垃圾。我本來以為是臺灣人愛亂丟垃圾，小蘭嶼沒人清理自然堆積很多垃圾。這個想法持續到之後去探訪琉球諸小島後，才發現問題遠比我想的嚴重許多，因為日本人向來以愛乾淨和做事嚴謹聞名，因此琉球的多數島嶼還算乾淨，海邊的垃圾並不多，然而一些人較少的島嶼或人不易到達的位置，大量的垃圾就開始出現。我恍然大悟，海邊的垃圾已不再是各個國家的問題，而是整個國際的共同問題。最近發現的太平洋大垃圾場其面積估算有兩個德州那麼大；離任何一個大陸都非常遙遠的中途島本應是人間淨土，然而島上的許多水鳥都因為攝食太多的塑膠垃圾而死亡。當屍體逐漸腐敗時，腹中的塑膠瓶蓋或打火機卻屹立不搖，就像小蘭嶼或偏遠島嶼的海邊垃圾，將會世代留存，見證人類長期汙染環境的作為（圖 5）。

圖 5 順著潮流漂洋過海的垃圾，現在已是國際間的共同問題

小蘭嶼沒有遊客，闊帶青斑海蛇還是不出現在這裡，所以綠島的遊客應不是嚇跑闊帶青斑海蛇的原因。人類製造的垃圾會是問題嗎？這裡我先賣個關子，容後再敘。小蘭嶼位於蘭嶼的東南邊，和蘭嶼的距離更是近到只隔了約五公里，這裡的岸邊沒有太多的高位珊瑚礁，流入海中的淡水更是涓涓水滴，而且只有在南邊的岩壁上有淡水慢慢滲出。傍晚一到，一隻隻的黃唇青斑海蛇（圖6）陸續出現在我們紮營的附近，我跟蹤了幾隻發現牠們在海邊的石縫間鑽來爬去，有些往內陸的方向爬行並鑽到林投樹林的裡面，這裡離水邊已有五十公尺以上的距離。天暗下來之後，我在岸邊的石縫間再找到另外幾隻的黑唇青斑海蛇（圖7），可惜我只能在我們紮營的北岸附近檢查，不

圖6 黃唇青斑海蛇的陸棲性最強，常到陸上且離水很遠的地方

能沿著海岸環島。隔天我翻越小蘭嶼中央山脈間的凹地，到南岸去探勘幾個有淡水流出的地點。山上有百隻以上的羊，牠們是一九九七年達悟人來此放養的幾隻羊的後代。羊是破壞生態環境很有名的動物，牠們可以將植被連根拔起，中亞和地中海沿岸早期曾有森林覆蓋，但由於人口的繁衍加上畜養的羊群，已將很多地方蹂躪成了沙漠。這裡雖沒有人只有羊群，但羊群的過度啃食和踐踏，仍將全島裸地的面積擴增到了百一半以上。這裡我們可以得知，在一個沒有生態平衡的環境，即便人類不在場，其畜養的動物也足以造成環境的崩潰。我在南岸等到天黑才開始巡視海岸，結果和北岸一樣，只有黃唇和黑唇兩種海蛇，沒有蘭嶼最常見的闊帶青斑海蛇。而且在蘭嶼數量最少的黃唇青斑海蛇，在這個鄰近的小島竟成為數量最多的種類。

圖 7 黑唇青斑海蛇也會上陸但離水很近

經過三個島的調查，我發現闊帶青斑海蛇在三種海蛇中的數量百分比在島嶼較大時最大，當島嶼變小時開始消失，而黃唇青斑海蛇剛好相反，島嶼愈小其數量百分比愈高。為什麼會這樣？或這樣的現象真的存在嗎？我需要探訪更多的大小島嶼才能確定這樣的現象是否真的存在，如果真的存在我才能進一步探討造成這個現象的原因；此外，人為製造的垃圾會與這樣的現象互有關連嗎？

很幸運的，經過台大于宏燦教授的推薦，日本京都大學總合博物館邀請我去做訪問學者四個月，我只需要在博物館給一個專題演講，之後就可以很自由的在日本境內做研究，博物館除了每月給予正教授的薪資，還有一定額度的出差補助。這個千載難逢的機會讓我得以輕鬆的探訪琉球列島，我向邀請單位提出簡單的研究計畫，並告知日本的相關學者。京都大學的森哲教授是研究蛇類行為的專家，他很好奇我如何在茫茫大海研究這些行蹤不定的海蛇，尤其當我告訴他我根本不用下海就可以找到牠們，他更是想見識我的真功夫。

於是我們一齊前往離臺灣不遠的石垣島，我們先到文具店買詳細的地圖，日本的地圖很詳細，連海岸的礁石類型都有標記。我先從地圖找到幾處看來還不錯的地點，也就是同時具備珊瑚礁和有淡水流入的區域，然後我們開車到這幾處地點探勘實際的地形和是否能夠在夜間前來觀察，最後篩選出幾個理想的地點。天色一暗，我們再回到這幾個點找海蛇，果然如我所料，闊帶青斑海蛇和黑唇青斑海蛇紛紛在我們預測的地點出現，其中一個點更出現上百隻的海蛇，一群海蛇在岸邊礁石縫內鑽動，數量多到無法一一清點（圖8）。我們興奮得趕快拍照，連交配中的海蛇也拍到了。大約半個小時之後，該拍的都拍了，我收拾好相機準備離開，不料森哲教授（圖9）卻一點都不想離開，我耐心的再等了一陣子，他東摸摸蛇，西看看還是蛇，甚至已經沒有繼續拍照了卻還杵在那裏。我不解的問森哲的學生：「你的老闆還沒拍過癮嗎？」他的學生微笑的對我說：「我的老闆這輩子的夢想是看到一群蛇在他的眼前鑽動」。原來，我一不小心竟達成了他的夢想，而且夢想可以很實際，不一定要高不可攀。

圖 8 石垣島上的海蛇窩

圖 9 京都大學的森哲教授

琉球的探險

森哲很滿意的和他的學生回京都大學，我一個人留下來繼續探索其他的島嶼，在諸多島嶼的探索中最讓我印象深刻的是與那國島，這個島是日本最西邊的領土，天氣好的時候還可以看到臺灣。這裏有許多高聳的峭壁（圖10），峭壁上的裂縫讓我聯想到蘭嶼的海蛇洞，在嘗試了一些容易走動卻毫無所獲的海岸後，峭壁成為我不得不去的地點。白天我找到一處可以攀爬而下的地點，並順利的進入一個岸邊的小縫內，而且在裡面發現一隻黑唇青斑海蛇。可惜夜晚再來時卻未見任何海蛇，這顯然不是一個理想的洞穴，但或許附近就有更佳的躲藏地點。

我決定白天再回來沿著海岸游泳探尋，隔天我穿上防寒衣並帶來蛙鞋，攀岩下到海邊後開始沿著峭壁游泳探尋，除了未發現理想的洞穴讓我愈游愈遠，岸邊美麗的珊瑚礁魚群也讓我忘卻疲勞，因此當我感到有些疲憊時已經游離下海的地點有很長一段距離了，且由於沿岸皆是高聳的峭壁使我無法攀登回陸地，我只能選擇游回原來的地點。幸好海岸彎彎曲曲，我若切直線不要沿著岸邊，就可以節省很多力氣，即使如此，我卻有一直無法抵達起點的無力感覺，而且我這才發現底下是深不見底的深藍色大海，整個平靜的海面只有我的蛙鞋持續製造一些白色的浪花和聲音。突然間我的腦際閃過大白鯊從深不見底的海底衝上來捕食海豹的畫面，在一片平靜的大海上，我會不會成為那個醒目的獵物？這裡有沒有食人鯊？我開始擔心起來，原本疲累的雙腳也恢復了元氣，我快速游回起點。事後我告訴日本的朋友這趟探險，他很慎重地告訴我，我真的該擔心，與那國島的鯊魚很出名，許多船員都葬身在鯊魚的利齒之下。

圖 10 與那國島有許多高聳的峭壁

蘭嶼是研究海蛇的天堂

琉球群島的探索讓我剔除人為的垃圾是造成闊帶青斑海蛇消失的原因，因為一些乾淨的日本小島，這種海蛇也一樣不存在。然而更深的體會是，我們的蘭嶼真是一處研究海蛇的天堂，不但全島有環島公路可以快速又方便的抵達任何一個海邊，一些海蛇出沒頻繁的地點也都非常容易作業；在礁石上行動起來非常容易，而且這些礁石也非常靠近水面，因此晚上只要用手電筒往水面上或水邊一照，就能很清楚地觀看海蛇。琉球群島的有些島嶼雖然也有容易觀察海蛇的地點，但多數的島嶼都不是那麼容易抵達岸邊，有些根本沒有環島公路，即使有環島公路，有時候岸邊的林投雜草叢生，難以靠近，有時候則是岸邊礁石崎嶇銳利難以行走，再不然就是懸崖高聳，根本無法接近。

逆著黑潮南下菲律賓

不過在探索海蛇的旅途中，最難的島嶼並不在琉球。菲律賓的伊巴亞特才是難中之絕，它是菲律賓最北邊有人居住的小島。這個島是世界最高的珊瑚礁島之一，全島和海面交接之處都是高聳的峭壁，無一處平緩的海灘（圖11），峭壁常高達百公尺以上，這麼險峻的地形，沿著海岸找海蛇已經完全不可能，租船沿著海岸徐行是唯一的選擇。在一位非常熱心的女士艾莉莎 (Elisa) 的協助之下，我來到一位經常捕捉海蛇為食的人家，屋主將壓在一個大塑膠桶上的木板拿開，裡面有好幾隻海蛇在桶底爬動著，我告訴他們這裡全都是同一個種類，牠們都是闊帶青斑海蛇，艾莉莎疑惑的看著我說：「可是牠們有明顯的兩種顏色。」我解釋說：「顏色較鮮艷的是較小且蛻皮不久的個體」。屋主說，他們這裡還有另一種海蛇，可以長得和這一種一樣粗大、皮較厚，他們不吃那一種，有時候會丟給狗吃。我心想他講的應該是黃唇青斑海蛇，便問他：「你

圖 11 伊巴亞特全島都是高聳的峭壁，無一處平緩的海灘

們不吃的那種較會爬到陸上來，且只吃鰻魚（圖12）是嗎？」屋主想了一下驚喜的說：「沒錯！」我告訴他只吃鰻魚的那種海蛇其實有兩種，一種可以長得很粗大，且常會爬上岸，顏色是黑灰相間的條紋；另一種較細小，較少上岸，顏色是黑藍相間的條紋。他沉思了一下，更驚喜的對我說：「你說得一點都沒有錯！」。

圖 12 黃唇青斑海蛇只吃鰻魚

追捕飛魚和海蛇的伊巴亞特青年

艾莉莎又請她的姪兒晚上載我們出海。傍晚我來到碼頭，海面上一艘小船（圖13）隨著浪在遠處起起伏伏，船上已坐著一位年輕人。船長（艾莉莎的姪兒）扛著汽油桶慢慢走下階梯時，小船也緩緩划向碼頭小平台，隨著波浪，船頭一下被湧起來靠近平台，一下又遠離降在平台之下，空手跳上小船都有些困難了，更何況拿著重物。伊巴亞特的人是經充分訓練過的，這種眼和四肢的協調只是討海生活的一小部份，後來看

圖 13 海面上一艘小船是我們調查海蛇的工具

到他們在海上追捕飛魚，我才能體會從平台扛重物跳下起伏不定的小船真的不算什麼。等我們都上船後，小船先划離岸邊，免得船身和水泥或礁石碰撞。船長開始整理他的裝備（圖14），蓄電池、探照燈、漁具、魚線都在起伏搖晃的小船上安置就位，我不敢多注視他如何完成這些動作，盡量看著遠方的大海和高聳的峭壁，免得還沒出發就暈船。一切就緒時，天色雖已漸暗沉，但還不夠暗，船長點起了一根菸緩緩的抽著。趁這時候，我向船長詢問此行應該付給他多少錢，他看了我一眼說：「我也不知道，

圖 14 船長整理他的裝備

你高興給多少就給多少」。他們沒做過這種生意，不知道價錢該如何訂，而且他們並不打算做這個生意，只是剛好可以幫上我的忙，就當成是幫忙，這樣古樸老實的民風更讓我對這個小島多了許多親切感。

一根菸過後天色夠暗了，他從船頭趴身向後，找到發動引擎的搖桿，用力搖了幾次，啪！啪！啪！啪！啪！的引擎聲伴著黑煙，我們出發了，船長高跪在船頭，左手拿著探照燈，右手拿著一根短柄的大口漁網，探照燈快速的在海面掃描。當一發現目標，船長右手的漁網便指向目標的方向，舵手便加速馬力朝著他所指示的方向追去。接近目標時船長彎身向下，握緊漁網快速往水裡撈了下去，船繼續向前，他握住漁網的手卻已扭轉向後，並將漁網甩向自己的後方，一隻飛魚便掉落在船內。有時候船長沒撈到飛魚，他的探照燈和手上的短柄漁網會迅速指向飛魚逃離的方向，通常是船的左後方，這時舵手會快速掉轉船頭再追向飛魚，我總是在一陣天旋地轉之際，看到飛魚又從船長後甩的漁網中掉入船裡。我只是坐著看著都快昏頭了，那船長和舵手卻充滿著精力，然而若非如此，他們如何追得上那可以衝出水面滑翔甚遠的飛魚？在具備這麼高超的撈捕技術之下，撈捕水面上的海蛇就顯得易如反掌了，因為一來海蛇不怕人，二來牠的速度也遠不如飛魚，因此看一隻便能抓一隻，完全沒有漏網之蛇。

麥哲倫和海龜的啟發

在菲律賓尋找海蛇的過程中，我意外的和麥哲倫相遇（圖15），約五百年前他聞「香」而來，我則是因找海蛇和他踩在同一片土地，和歷史上的名人身處同地有一種莫名的榮耀，然而仔細再思考時感覺便開始紛雜起來。西方殖民拓展時期，仰仗其強大的武力，到處掠奪殖民地的人力和資源，這種單一思維的價值觀和作法，雖然讓殖民者在短時間內迅速壯大擴展，但卻無法永續繁榮。就像人類掠奪自然資源的模式那樣暴起暴落，許多古文明的衰頹都和自然環境的破壞息息相關。從大自然我們能學到什麼？為什麼幾億年來生命持續欣欣向榮？是物種多樣性的彼此制衡？是生態元素循環的零污染？一隻進入塑膠桶而回不了身的海龜，葬身在麥哲倫當年登陸的地點（圖16），牠很清楚的在告訴我：單方向沒有其他選擇的道路雖然迅速，卻也可能是條不歸路。

淡水才是海蛇組成差異的關鍵因子

我的三種海蛇數量百分比和島嶼大小的關係仍在進行中，到目前我們已經探訪了五十個以上的島嶼，肯定的是當島嶼愈小時黃唇青斑海蛇愈可能成為唯一的存活種類。造成這個現象的原因，可能和牠們都需要喝淡水但水棲的程度又不同有關。黃唇青斑

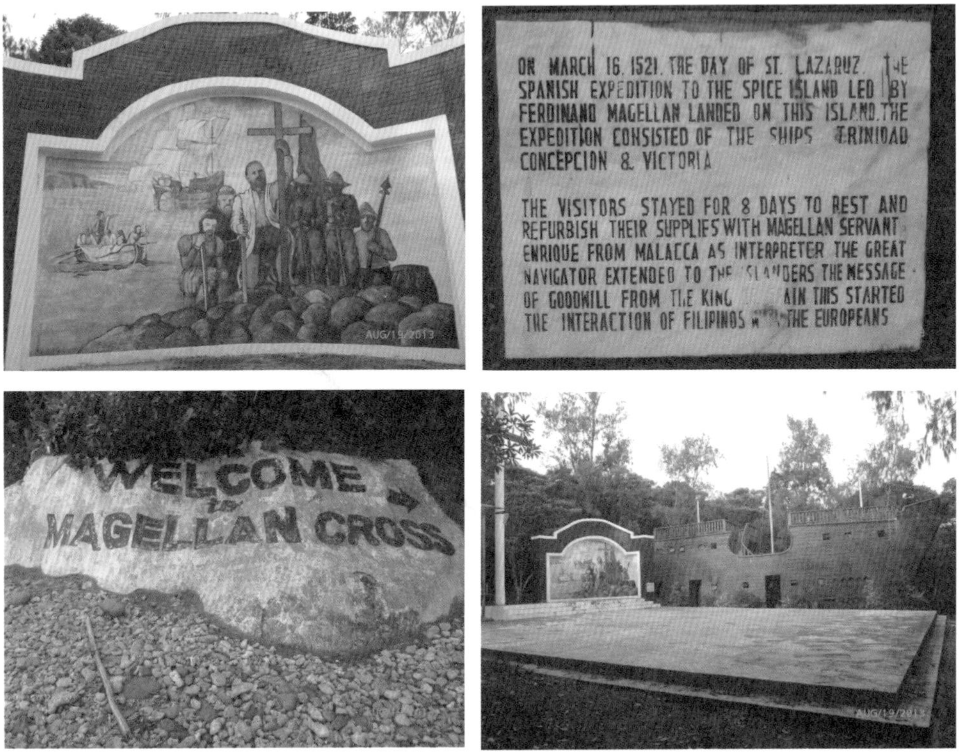

圖 15 麥哲倫約 500 年前來到菲律賓

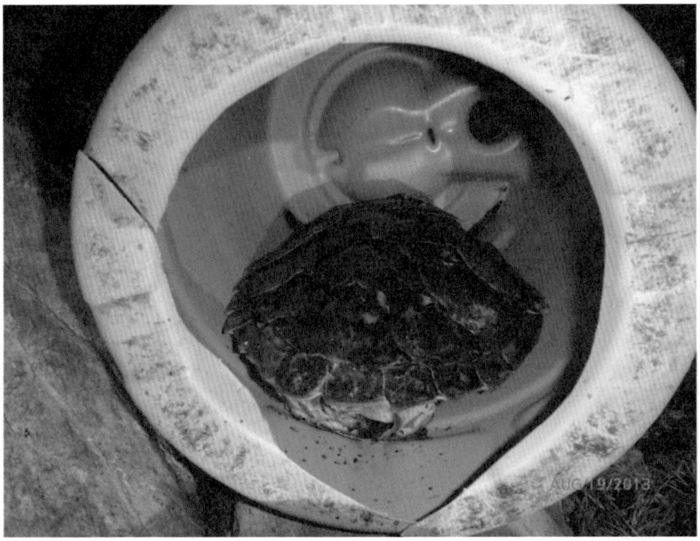

圖 16 一隻進入塑膠桶而回不了身的海龜，葬身在麥哲倫當年登陸的地點

海蛇水棲的程度最弱，經常上岸且可遠離水邊一段距離，闊帶青斑海蛇的水棲程度、最強幾乎不上岸，而黑唇青斑海蛇介於其間，即使上岸也多在水邊的礁縫內。不上岸的種類只能利用流入海洋的淡水，當島嶼愈小時流入海洋的淡水一定愈少；會上岸的種類則可以利用陸上小水窪內的淡水，因此當流入海洋的淡水不足時，黃唇青斑海蛇受到的影響最小，也就成為小島的優勢或唯一的存活種類。

華萊士看見大地生物的分布，我看見了大海生命的通路

華萊士線(Wallace's Line)原來經過菲律賓民答那峨島南部。後來經過修改向北延伸，至一九三三年日本學者鹿野忠雄，將該線延伸至蘭嶼、綠島與臺灣本島之間。蘭嶼的確有許多動物和菲律賓的關係高於和臺灣的關係，然而華萊士所畫出的地理屏障，只限於不易跨海的種類，我研究的海蛇穿越了華萊士線，乘著黑潮這條海上的高速公路，穿越了陸上動植物所穿越不了的地理屏障，一路擴遷到日本的南岸。而在追逐海蛇的過程中，我也看到人為的垃圾也突破了華萊士線的地理屏障，而且可以比海蛇擴散的更廣、更遠，正如南島語族的人擴散到整個太平洋的諸島嶼。或許人類的無敵從他們生產的垃圾就可以看出端倪。如果華萊士再世，他不知道會讚嘆還是驚恐人類的演化成就？

國立臺灣博物館藏標本：黃唇青斑海蛇

龍的傳人在孤島

——林思民

我把車停在蘇花公路的路肩上，壓低重心爬上路邊的岩石之後探頭出去，可以看到一百公尺底下紛飛的白浪，讓我的腎上腺素往上飆升。這天正好是颱風即將從宜蘭登陸的日子，我趁著封路之前，從花蓮驅車趕回臺北。即使時間緊張，仍每次都忍不住在這個壯觀的地方駐足片刻。這裡是清水斷崖（圖１）：臺灣生物地理的分界線之一。

多樣性的起源：常被忽略的島嶼本身

臺灣的物種多樣性是如何形成的？這個老問題一直是生物地理學追尋的答案。幾十年以來的討論，絕大多數的物種似乎也都有了定論。大家都會說，山椒魚是從冰河時期孑遺下來並適應高緯度環境的產物；大家也會說，長尾南蜥和蘭嶼守宮是隨著海潮流由菲律賓運送過來的物種。臺灣另外有一些物種可能與喜馬拉雅山東側的物種關係親近，也有一些物種與福建省和廣東省的動物是最近的親戚。在大部分的物種都獲得充分的解釋之後，科學家們卻一直忽略掉一個較少被描述的力量：島嶼「內」發生的遺傳和物種分化現象，同樣具有高度的議題性和研究價值。

站在巨人的肩膀上看世界，我絕對不是第一個闡述這種現象的研究者。西印度群島的變色蜥（*Anolis* spp.）就是一個世界知名的案例。談到變色蜥，大家想到的總是惡名昭彰的外來種沙氏變色蜥（*Anolis sagrei*）（圖 2）。但是回到牠的原棲地，或許因為有太多的同屬物種和牠競爭，這個種類並不會像牠入侵其他新環境後這樣地氾濫成災。變色蜥這整個屬總共包含接近四百個種，使得牠們幾乎就是陸地上脊椎動物最大的一個屬。這群蜥蜴在西印度群島形成高度的多樣性，也使牠們的種化過程成為演化教科書上的經典案例。根據哈佛大學強納生．羅瑟斯（Jonathan Losos）教授的定義，可將大安地列群島這上百種以上的變色蜥分成六個不同的生態群。這些生態群幾乎重複地出現在每一個島上，而且乍看之下，不同島嶼上佔據同一個生態棲位，利用相似資源的兩種蜥蜴，外觀看起來極為類似，幾乎就是同一個模子套出來的東西。但是後來隨著分子演化學的進步，藉由 DNA 序列的檢測，才證實這些不同種蜥蜴之間的相似性其實是來自趨同演化，表示不同島嶼上不同種類的蜥蜴為了適應相似的環境，而產生了相似的構造或外型。我們來重塑一下變色蜥在島嶼上的演化歷程：小群的變色蜥進入一個生態棲位被閒置的小島，迅速產生大量的新種，各自佔據不同的生態棲位。而在不同的島嶼之間，趨同演化出外觀極為相似的物種。也就是說，變色蜥物種多樣性的形成過程，大部分都是在島內發生的。

圖1 清水斷崖不僅是馳名中外的地形景觀，也是臺灣島上重要的物種分布界線。

圖 2 沙氏變色蜥在臺灣是個人人聞之色變的外來入侵種。但是變色蜥這個大家族（*Anolis*）在西印度群島的生態分化，卻是演化教科書上的經典案例。（攝影：梁彧禎）

臺灣島內的傑作——臺灣草蜥的分化

回頭過來看看臺灣的案例。我們早就知道臺灣東部有一些物種跟它們西部的親戚不太一樣，例如西部城市和郊山極為常見的白頭翁，到了花東地區，就被長相和叫聲極為類似的烏頭翁所取代。研究魚類的曾晴賢教授在仔細研究過臺灣西部的爬鰍科魚類之後，推測在中央山脈以東的地區非常可能存在一個類似的物種，果然就在臺東的急流裡找到了「臺東間吸鰍」這個世界新種。從遺傳的角度來看，二十世紀晚期有一篇有趣的研究讓我們印象格外深刻：現在任教於琉球大學的戶田守教授 (Mamoru Toda) 分析了澤蛙各個族群的同功異構酶之後，發現臺灣西部的澤蛙族群在遺傳上與中國大陸的澤蛙接近，但是臺灣東部的澤蛙卻接近琉球群島南方的澤蛙族群。利用分子生物學的技術研究不同地區族群變異的學門在近年叫做「親緣地理學 (phylogeography)」。一九九〇年代算是親緣地理學萌芽的階段，但是直到二〇〇〇年前後，我才體會到，光是臺灣本身，就非常有潛力出現一些親緣地理學上值得研究的好題材。

臺灣草蜥 (*Takydromus formosanus*) 就是一個這樣乍看起來絲毫不起眼卻又極適合研究的好例子。在臺灣所有的草蜥之中，牠的分布最廣，族群量最大。有好一段時間，臺灣的研究生們並不喜歡研究「常見」的物種，大家總覺得研究「稀有」的物種才有研究價值。但是，二〇〇〇年的某一個下午，當我驅車經過清水斷崖，我忽然開始思考一個問題：這段陡峻而驚險的山路，正常人開車過去都要七葷八素，對那些移動能力不好的小型脊椎動物而言，牠們是不是更不容易越過它？即便是臺灣的原住民族，在不同地區也會形成不同的宗族和不同的文化。我們如果很理所當然地認為臺灣東部的蜥蜴和西部的蜥蜴完全相同，豈不是低估了臺灣的生物多樣性嗎？在往後的幾年中，我們從臺灣各地採集了大量的臺灣草蜥進行遺傳上的分析。這年頭做這樣的研究越來越容易，只要採取蜥蜴身上的少量組織便足以進行親緣關係的鑑定，而抽完 DNA 的蜥蜴可以放回原棲地，或者活蹦亂跳地繼續飼養著以進行其他的觀察研究。由於地球上所有的動物，其遺傳訊息都是藉由 DNA 的密碼來決定的。構成密碼的組成份子雖然只有 GATC 四種，但是長鍊的雙螺旋 DNA 可以排列出極為龐大的排列組合，讓我們得以藉由這些序列密碼判斷物種的相似程度。

實驗才開始進行不久，我們就發現宜蘭縣和花蓮縣的蜥蜴在遺傳上有很大的差異。宜蘭縣的蜥蜴 DNA 序列接近臺北縣市，而花蓮縣的蜥蜴則像臺東，兩者之間有很大的不同。當臺灣西部平原的蜥蜴序列也納入分析的時候，我們看到更驚訝的事情：東部、北部跟西部的蜥蜴根本就是三群不一樣的東西，而且牠們的遺傳差異甚至遠高於我們最初的想像（圖 3）。大約在同一個時間，我們在飼養環境下的動物開始進入成熟發情的階段。來自臺灣北部和東部的族群開始出現明顯的婚姻色：北部的公蜥體側開始出現漂亮的綠色噴點，東部則出現鵝黃色的斑點；然而西部族群不管公母，始終維持著深棕色的樸素體色（圖 4）。隨著成蜥逐漸成長，北部和東部的公蜥塊頭比母蜥大了一截；而西部則正好相反，母蜥比公蜥大。經過繁瑣的比對，包括形態上、遺傳上和行為上的分析，我們發現這三個類群根本就是完全不同的物種。也就是說，過去傳統所稱的「臺灣草蜥」之中，其實包含了兩個過去未被描述的新種！

跟隨探險家的腳步走一遭

在了解了原來我們所說的「臺灣草蜥」，其實是由三種不同草蜥所構成的共同體，那麼接下來分類學者在乎的就是，這三者到底誰才是「正宗」的臺灣草蜥？這個故事就要提到一位臺灣自然探索史上的傳奇人物，霍爾斯特 (P. A. Holst)。這位神秘的北歐旅行家於一八九五年因為急病遽逝於臺南，成為少數將生命奉獻於臺灣的西方採集者之一（另外兩位較著名的動物採集者為馬偕與梭德）。由於死前孑然一身，霍爾斯特的生平事蹟在歷史上並沒有留下太多的資料，大家只知道他是一個技術高超的標本採集家，在十九世紀的末期，單獨在雲嘉南一帶的山區進行自然史的探索。在那個年代，雲嘉南的山區政局並不穩定，原住民和漢人之間仍經常爆發零星的衝突；但是霍爾斯特憑著他高超的槍法，隻身深入深山，與當地居民一同起居。霍爾斯特在臺灣最廣為人熟知的採集記錄就是黃山雀 (*Parus holsti*)，這個罕見的臺灣特有種就是因為他的採集功績而命名的。霍爾斯特採集的草蜥標本目前存放在英國，上面標示的產地為「Taiwanfoo」，也就是今天的臺南府城。經過標本的比對，我們用形態、產地和遺傳資料等，一致證明了霍爾斯特當年捕獲的標本就是我們現在看到分布在臺灣西部、分不出雄性婚姻色的物種。因此在二〇〇八年，我們對北部和東部的草蜥做了完整的描述，並將其發表成翠斑草蜥（*T. viridipunctatus*）和鹿野草蜥（*T. luyeanus*）兩個新種。翠斑草蜥的命名源由乃是來自於雄蜥身上金屬綠的美麗斑紋。鹿野草蜥的命名過程則有點複雜：它同時紀念了這個新種草蜥的模式產地——臺東縣鹿野鄉，也描述了這個物種典型的棲息環境（低海拔且受干擾的草生原野），亦同時以中文紀念了傳奇的日本探險家：鹿野忠雄[11]。

---

11 鹿野忠雄的英文名字其實是Tadao Kano，如果是正式將他的名字拉丁化，會成為 *Takydromus kanoi*。只是後來我們並沒有選擇用這個種名。

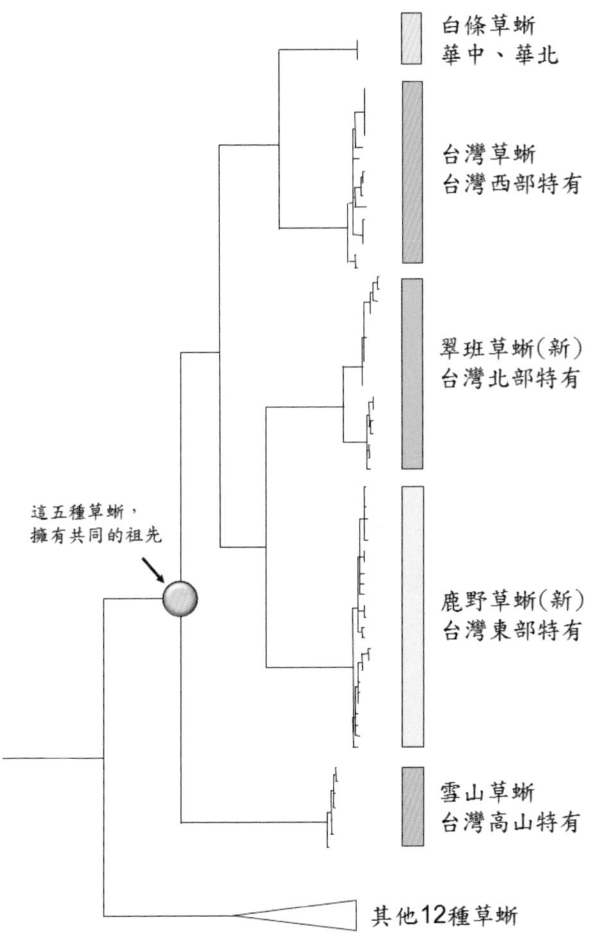

圖 3 利用 DNA 序列重建草蜥的族群遺傳分化現象，顯示其中包含了翠斑草蜥、鹿野草蜥這兩個過去未發表的新種，而臺灣幾乎就像是草蜥種化的溫床。這個分析使用的是大約 400 隻蜥蜴的同樣三段粒線體 DNA 序列（總共約 2500 個鹼基對），其中用色塊標示的這五個物種使用了最多的樣本。（實驗資料提供：林思民）

圖 4 我們新發現的翠斑草蜥 (A) 和鹿野草蜥 (B) 都有明顯的雌雄二型性，在繁殖季節，公蜥蜴會在體側出現明顯的婚姻色。但是這個現象卻不出現在真正的臺灣草蜥 (C) 身上，牠們的公蜥蜴和母蜥蜴顏色是完全相同的。(D) 則是雪山草蜥，牠也是世界上唯一適應於高山寒原地帶的草蜥。（攝影：汪仁傑，周時平）

楚河？漢界？

蘇花公路對物種的阻隔效應後來就成為我們實驗室最近這幾年主力研究的目標。根據 DNA 序列所重建的親緣關係樹，顯示臺灣草蜥、翠斑草蜥、鹿野草蜥和雪山草蜥這四個臺灣特有種是關係密切的物種，而且在演化史上擁有共同的祖先。我們做了許多的分析，且這些研究成果都支持這幾個物種是經由島內的長期隔離而形成的。有趣的是，現今只分布在高海拔箭竹草原的雪山草蜥也是這個家族的成員之一，而除了牠以外的親戚們都住在山腳下、在低海拔的草原平地上；因此由這個草蜥族譜研究，也推翻了過去認為雪山草蜥是個「冰河孑遺物種」的的說法。此外，正宗的臺灣草蜥最近的親戚則是白條草蜥，這個物種現在分布在幾百公里之外的華北和東北地區，而我們推測這個遠方的近親可能是在某些歷史機緣下從南方向北方擴散的結果。因此，從草蜥的研究案例，我們一口氣推翻了三個過去的想法，並建立了新的觀念：

一、脊椎動物的種化事件確實有機會在臺灣這種尺度的小島「之內」發生。

二、高海拔的物種可能是來自臺灣自己島內的種化事件，而並不一定是高緯度孑遺的後代。

三、在草蜥的案例之中，某些高緯度的物種反而是由低緯度向北擴散而形成的。

翠斑草蜥和鹿野草蜥目前的分布界線座落在立霧溪（圖 5），也就是東西橫貫公路由太魯閣入山的公路起點。立霧溪的地勢高聳，風景秀麗，固然是臺灣地質景觀的一絕；但是緩緩步入立霧溪的出海口，我們會發現這條溪無論是幅原、水量，在臺灣都不算是一條特別大的溪流。我們密集地搜尋了溪床南北兩岸的蜥蜴樣本，發現北岸以北都是翠斑草蜥的大本營，而南岸以南則是純粹的鹿野草蜥。這種兩軍對峙的現象，在生物的歷史上不知道持續了多長的年代？此外，根據遺傳分析的結果顯示兩種蜥蜴跨越楚河漢界的機率是很低的（圖6）；這種窄窄一條溪流成為兩個陸域物種的分界線，也是一個極為罕見的案例。若以地棲性且活動遲緩的蝸牛、蛞蝓，不會飛的小甲蟲等生物來討論，這種結果是可以預期的；然而脊椎動物已算是活動能力比較好的類群，卻依然發生了這樣的現象，也是個讓人驚嘆的結果。

除了發現草蜥有這樣的現象之外，研究生物的人最想了解的就是：這樣的現象在不同物種身上是否找到一致的規則？若可以的話，即代表這個現象可能是一個大尺度上的共同規則，並得以影響著大部分在此生活的生物。最近這幾年，其他生物的研究結果也慢慢地浮現出來。臺灣東部的眼鏡蛇腹面是全黑的，跟西部眼鏡蛇的白色腹面有非常大的差別（圖7）；我們也針對褐樹蛙和日本樹蛙做了一樣的研究，發現東部的樹蛙和西部的樹蛙在遺傳上有非常大的差異，這個分界線一樣座落在清水斷崖，和草蜥的案例幾乎是完全相同的位置（圖8）。除了物種在遺傳上的分化之外，物種的分布範圍也在蘇花公路沿線也呈現出耐人尋味的現象。西部平原極為常見的面天樹蛙在蘇花公路的和平路段還有龐大的族群，但是一越過清水斷崖之後，整個花蓮和臺東就完全沒了牠的蹤跡。類似的分布情形也發生在福建大頭蛙、黃口攀蜥、和臺灣滑蜥身上。相反地，花蓮還有穩定的族群，但是一翻過清水斷崖便消失了，這樣的物種則有半葉趾蝎虎、鱗趾蝎虎和梭德氏草蜥等臺灣東南部的代表物種。當證據越來越充分的時候，我們就越來越能夠體會地形與地貌在物種分化過程中所扮演的角色，也越來越能凸顯臺灣豐富的地形地貌與其豐富的物種多樣性之間的作用與影響力。

圖 5 立霧溪是翠斑草蜥和鹿野草蜥的天然交界帶。這麼狹窄的溪流可以造成兩個物種的分化，即便放眼世界，也是極為罕見的案例。

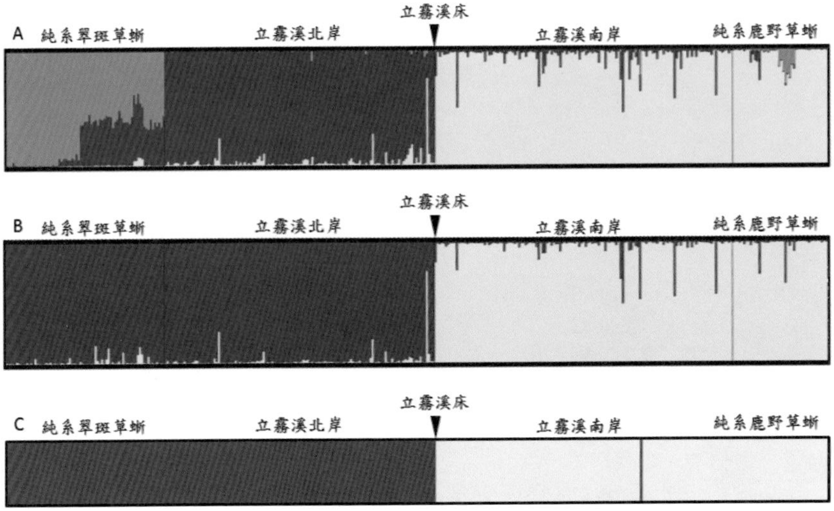

圖 6 這個實驗使用了 375 隻蜥蜴的 13 個微衛星基因座（A 和 B）和一段粒線體基因（C），每隻蜥蜴依照緯度排列。由左至右依序是純種的翠斑草蜥，立霧溪北岸的個體，立霧溪南岸的個體，和純種的鹿野草蜥。（實驗資料提供：曾書萍、王昭均、林思民）

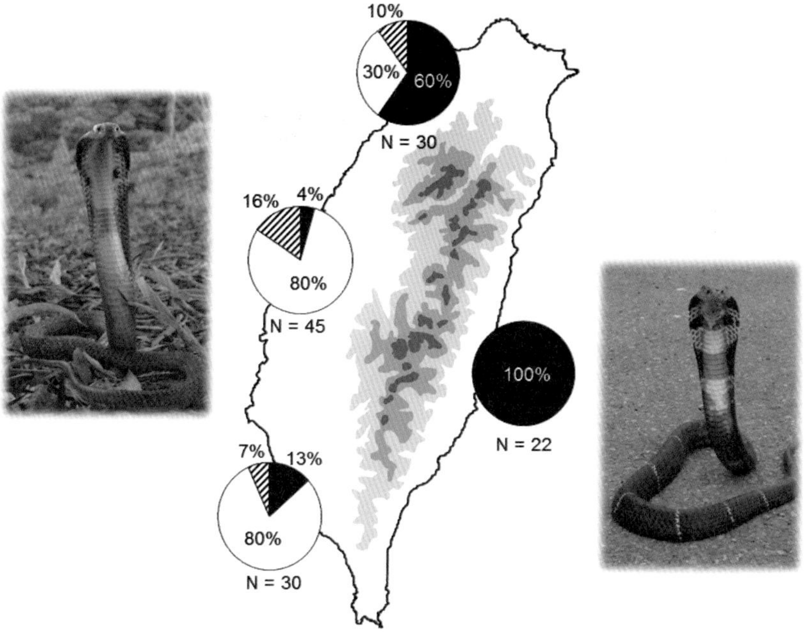

圖 7　臺灣西部的眼鏡蛇腹部偏白，體色偏棕；但是臺灣東部的眼鏡蛇腹部或背部都是深黑色的。這個圖上用原餅圖呈現了臺灣島上北、中、南、東等各個地區黑腹型（黑色區塊）、白腹型（白色區塊）、和中間型（斜線區塊）的族群比例。由於各地的眼鏡蛇具有明顯的體色和毒性差異，不同地區的蛇隻不應該被任意放生在原本不屬於牠的地方。

（實驗資料提供：林華慶，林思民）

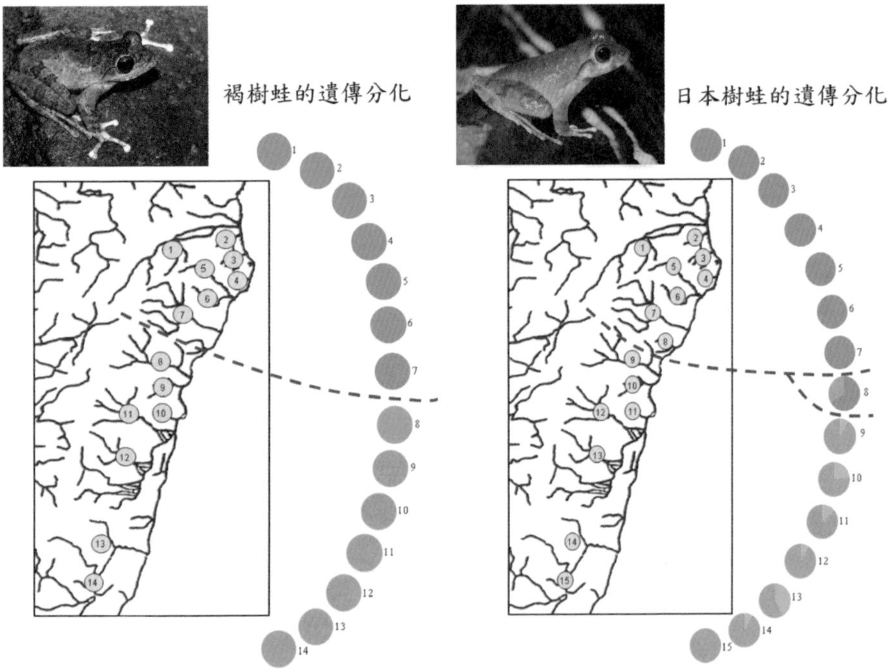

圖 8 褐樹蛙（左）和日本樹蛙（右）都在清水斷崖形成明顯的遺傳分化，這個地點跟草蜥的分布界線幾乎是完全一致的，分界線都位於和仁溪和立霧溪附近。（實驗資料提供：林彥博，林思民）

當人定勝天碰上大自然的鬼斧神工

然而，蘇花公路不僅是野生動物的天險，也是對人類的天險。在颱風來襲的前後，大自然的威力格外令人感到敬畏。為了因應旅客的安全，蘇花公路在近年進行了一系列的拓寬與改善工程。四散的黃土和倒木都是大自然千萬年來焠煉的產物，這些景象，不僅令人心驚，也令人心疼（圖9）。由於這些工程免不了大規模地移除地上的植被，除了造成當地野生動物的流離失所，也帶給很多外來物種入侵的機會。所謂的外來物種並不一定是指國外入侵到臺灣的動物，當一隻動物被人類有意或無意地從西部平原帶到花東縱谷，對當地而言就是一個外來物種，對當地原來的生態系即有可能造成衝擊。蘇花公路的拓寬與改造，無疑對兩邊的生物提供了交通的機會，並隨著互相競爭、抑或互相雜交等現象之下，這些物種的存續可能會受到相當嚴重的衝擊與威脅。

當我們站上令人讚嘆的蘇花海岸和清水斷崖，大自然在面對人類時，展現出的是它的力與美；但是當人類面對大自然的時候，展現的卻是人定勝天的傲慢。或許唯有當人類體會到自己在時空之中的渺小，才有辦法學會謙卑。蘇花海岸和臺灣島在物種演化上的神奇貢獻，就像是一本價值連城的古書。這邊的地景地貌，和其中蘊含的生物資源，一頁一頁地詳細記載了小島上的演化現象，這本古書絕對值得我們好好謄寫、好好珍藏。

圖 9 蘇花公路上沿線可見的工程。這樣的工程究竟是人定勝天？還是傲慢下的愚昧？

華萊士與寶島蝴蝶的邂逅

——徐堉峰

居住在美麗寶島的我們，總愛說翩翩飛舞的蝴蝶是臺灣的象徵，驕傲地宣稱這裡是蝴蝶王國，然而，有多少人知道臺灣蝴蝶研究的起點竟源自動物地理學之父華萊士呢！

華萊士與蝴蝶的緣分

在臺灣，不論你是不是經常關心自然科學研究的人，很難不注意到優雅昆蟲——蝴蝶的存在。儘管許多人討厭昆蟲，常把牠們和蟑螂與蚊蠅聯想在一起，但是自古以來，不分中外，文學藝術裡總少不了蝴蝶的身影：「蝶為才子之化身，花乃美人之別號」，在人們的心目中，蝴蝶彷彿不隸屬於昆蟲之中，而是自成一類的動物。既然連一般人都不容易忽視穿梭飛舞在周遭的蝴蝶，對於醉心自然科學探索的研究者而言就更是如此了。事實上，為當代生物地理學奠定基礎的偉大自然科學學者、被後世尊稱為「動物地理學之父」的華萊士（Alfred Russel Wallace）也不例外。他對棲息在東南亞許多島嶼（當時統稱為東印度群島，East Indies）上的動植物投入長期研究之後，根據不同地區擁有的生物種類差異進行生物地理界線的劃分，並進一步探究分析方法及擴大分析對象至全世界，劃設出後來被世人普遍使用的六大動物地理區，而他研究東南亞生物相所獲的心得，甚至包括「自然選擇」概念，使得提出「演化論」的學者達爾文頗為驚訝惶恐，擔心自己一世努力付諸流水，間接促使奠定演化論的《物種起源》(*On The Origin of Species*) 在一八五九年出版。

在華萊士所使用的研究材料當中，昆蟲佔有很重要的地位，而蝴蝶更是得他青睞的類群。這主要是因為蝴蝶不但種類繁多，且是擁有許多分布侷限的特有物種，有利於地理區分析，而且在當時十九世紀，蒐藏珍貴蝴蝶與甲蟲標本成為富有貴族的時尚嗜好，因此華萊士得以在有需要時出售一些標本換取研究經費及材料。華萊士事實上十分仰慕達爾文，後來兩人成為好友並經常進行學術討論，例如達爾文曾經因某些毛毛蟲常擁有鮮豔色彩而感到困惑，並覺得性擇[12]無法解釋這種現象，華萊士便寫信告訴達爾文，毛毛蟲的醒目色彩應當與性擇無關，而可能是用來警告捕食者自己是有毒的，事實上，現今我們所熟知的「警戒色 (warning coloration)」這一概念便是由華萊士率先提出來的想法，在當時可是一項「新知」，而華萊士無疑是從觀察鳥或蜥蜴等獵食性動物和蝶蛾類幼蟲的互動，才產生了警戒色的想法（圖 1）。

華萊士一生命名記述了約一百三十種或亞種的蝴蝶，其中最著名的應該是印尼北摩鹿加群島特有的華萊士金鳥翼蝶 (Wallace's Golden Birdwing; *Ornithoptera croesus*)，這種巨大而艷麗的鳳蝶的第一隻標本是華萊士親自採集的，他在自己的名著《馬來群島自然考察記：紅毛猩猩與天堂鳥的原鄉》(*The Malay Archipelago: The Land of Orang-utan and the Bird of Paradise*) 中如此形容採到那隻標本的感受：「這隻昆蟲的亮麗難以形容，當我終於採到牠時的興奮只有博物學者才有辦法領會。牠進入網中並張開光芒四射翅面的一剎那，我的心怦怦亂跳，熱血衝腦，覺得要昏死過去了。後來一整天都在頭痛……」。從這段描述不難感受到華萊士對蝴蝶的熱情。那隻讓華萊士高興得差點暈過去的華萊士金鳥翼蝶標本今天仍完好收存在英國自然史博物館，而「華萊士 100」的代表 logo 便是根據這種蝴蝶的形象設計的（圖 2）。

---

12 Sexual Selection，指雄性或雌性為了達成交配的目的，因此產生了可吸引異性前來交配的行為或外表。

圖 1 提出蝶蛾幼蟲身體色彩醒目、鮮豔是用來警示捕食性天敵自己有毒的看法也是華萊士的卓見。圖中的紅珠鳳蝶幼蟲以有毒的馬兜鈴為食，體色相當顯眼

圖 2 現今保存於英國自然史博物館的華萊士金鳥翼蝶（Wallace's Golden Birdwing; *Ornithoptera croesus*）
（圖片來源：A. R. Wallace Memorial Fund & G.W. Beccaloni）

華萊士邂逅臺灣的蝴蝶

眾所周知，棲息在面積並不大的臺灣的蝴蝶接近四百種，而且許多種類數量豐富得連人口密集的大都會，如臺北、臺中、高雄的市區內都可以很容易地發現牠們的蹤跡。居住在臺灣這個蓬萊仙島的人們，對於擁有這麼豐富多樣化的蝴蝶資源感到十分驕傲，經常把自己生活的這塊土地稱為「蝴蝶王國」。

在臺灣，蝴蝶不僅僅是大自然的舞姬，牠們的形象無處不在，從書報文藝作品的美工設計、穿著服飾的花樣圖案、政府政策宣傳資料，以至於出國護照的防偽 logo，處處都可以看見蝴蝶優雅的姿態。蝴蝶可以說是已經沁入了我們的文化與靈魂了。然而，儘管臺灣的先民一定對身邊千姿百態的蝴蝶不會感到陌生，現今的我們也對蝴蝶充滿感情與驕傲，卻可能少有人注意到一項事實：臺灣蝴蝶的科學研究起點竟然便濫觴自「動物地理學之父」華萊士！

歷史上關於臺灣蝴蝶的第一篇科學學術論文是在一個半世紀前的一八六六年所發表，論文的標題是〈List of Lepidopterous Insects collected at Takow, Formosa, by Mr. Robert Swinhoe〉（羅伯特．斯文豪先生於福爾摩沙打狗採集的鱗翅目昆蟲目錄），論文的作者是「Alfred R. Wallace and Frederic Moore」，前者即是本書的靈魂人物華萊士，後者則是著名的英國鱗翅學者菲得烈．摩爾。論文裡華萊士主要負責蝶類部分的整理與撰寫，摩爾則主要處理關於蛾類部分。標本採集者 Robert Swinhoe 便是大名鼎鼎的英國外交官兼動物學者斯文豪，對臺灣哺乳類、鳥類及兩棲爬蟲類動物感興趣的朋友對他的名字一定耳熟能詳。論文標題中的 Takow（打狗）指的便是今天的南臺灣高雄地區。這篇論文雖然簡短，總共只有十一頁，蝶類部分只佔了約五頁的篇幅，卻有幾項重大義意。首先這篇論文開啟了臺灣蝴蝶科學研究的先河，臺灣蝴蝶研究從此走進現代學術研究的時代。再者，研究材料來自高雄，讓後人可以比較後來發展為南臺灣最大都市的高雄，原先有哪些蝴蝶種類，進而可以明瞭開發與都市化對環境帶來的影響。另外，文中還提到研究材料與印度和馬來地區相似，顯示出臺灣低地的蝶相，基本上屬於華萊士所劃設的「東洋區」地理區。

華萊士與摩爾的論文，還有一些有趣或耐人尋味的部分。論文共羅列了四十六種日行性鱗翅目昆蟲（蝶類）及九十三種夜行性鱗翅目昆蟲（蛾類）（後者有部分種類未鑑定或只知道屬名）。在四十六種蝴蝶當中，有五種蝴蝶被當成新種發表，分別是 *Pieris formosana*、*Pontia niobe*、*Terias vagans*、*Euploea swinhoei* 以及 *Lycaena nisa*。這些種類後來大部分被認為是其他廣泛分布種類的地理亞種，前四種自前至後分別屬於異色尖粉蝶 (*Appias lyncida*)、纖粉蝶 (*Leptosia nina*)、角翅黃蝶 (*Eurema laeta*) 以及雙標紫斑蝶 (*Euploea sylvester*)，最後一種的分類地位長期妾身不明，現在仍在進行檢討中。不過蝶類部分的末尾還提到一種弄蝶，即臺灣常見的、幼蟲取食各種禾本科植物的中小型弄蝶「禾弄蝶」（圖 3）。文中將這種弄蝶的學名以「*Hesperia cinnara*, Moore, MS」的形式表現，當作是草稿名，說明中並提到這個種類「**近期將由摩爾先生記述**」，充

圖 3 禾弄蝶是最早被命名的臺灣蝴蝶之一，牠的模式標本採自南臺灣高雄，今日在當地仍然隨處可見

分顯示出雖然華萊士和摩爾共同具名為這篇論文的作者，其實至少蝶類部分是由華萊士獨自主筆的。由於文中包括了學名和特徵記述，在當時國際動物命名規約還不存在的情形下被認為是有效學名，後來的人便把這種弄蝶視為是由華萊士命名的。因此今日我們所用的禾弄蝶完整學名便是 *Borbo cinnara* Wallace, 1866。

禾弄蝶的模式標本現在仍由英國自然史博物館妥善保存在「華萊士」收藏中。由於後來發現禾弄蝶其實廣泛棲息在印度澳太地區的廣大範圍中，雖然分布廣泛，模式產地卻在臺灣。禾弄蝶作為獨立物種的地位沒有疑問，因此在意義上可以說是牠是臺灣第一種被命名的蝶種，而「動物地理學之父」華萊士便是命名者；作為愛蝶人的我，不禁油然生出與有榮焉的感覺。另外，華萊士與摩爾論文所列出的蝴蝶當中，還包括了有名的帝王斑蝶（又稱為大樺斑蝶），這種體型頗大而飛翔姿態雄壯的蝴蝶，常常被當成已經滅絕的臺灣原生蝴蝶，而事實上，在華萊士與摩爾所書的這份史上第一篇關於臺灣蝴蝶的論文，便已經提到了這種蝴蝶。奇怪的是，帝王斑蝶幼蟲所利用的寄主植物是主要原產於美洲的「乳草 (milk weeds)」，即夾竹桃科（蘿藦科）馬利筋一類的植物，這類植物在臺灣顯然是在十九世紀初才引進用作觀賞植物的外來植物，而帝王斑蝶的相關研究也已經有充分證據說明這種遷移能力強大的蝴蝶在十九世紀時，曾隨著當時列強殖民的腳步，利用發達的商業貿易所帶來的便利交通與環境改變，拓殖到世界各個角落，遠及歐洲西部、亞洲南部、大洋洲及澳洲等地。斯文豪在打狗採集的帝王斑蝶無疑便是這種蝴蝶於十九世紀族群「大擴張」的產物。時至今日，帝王斑蝶在臺灣早已消聲匿跡，說明環境改變已經使一度有利牠們繁衍的條件又變得不利了（圖４）。

這篇論文還有一點很有意思：華萊士在前言中提及文中羅列的標本係採自已開墾地區，他相信環境比較自然的山地森林一定會有更多種類棲息，而臺灣擁有的蝴蝶種類應當「至少有文中提及的四倍」，也就是至少有近兩百種，從我們已經知道的臺灣蝴蝶多樣性來看，這個數字雖然是有點低估，但華萊士在僅看過斯文豪採集的一份有限收藏，便能夠對臺灣蝴蝶種類數目作出一個不離譜的推估，從這裡便可以看出他多年研究東南亞廣大地區生物相所累積的知識與能力，而臺灣的蝴蝶數目比華萊士推想的多了一倍，也說明臺灣面積雖小但卻蘊藏相當豐富的生物資源，蝴蝶王國的美名當之無愧！

華萊士不知道的「新華萊士線」

凡是造訪過臺東外海離島蘭嶼（圖５）及綠島的朋友一定對那裡棲息的動植物印象深刻，因為有許多種類在臺灣本島見不到，其中最為人津津樂道的包括光彩奪目的珠光裳鳳蝶、小巧可愛的球背象鼻蟲、新芽紅亮鮮豔的紅葉藤、果實造型別緻美觀的蘭嶼血藤等。臺東雖然與這些離島相距不遠，但是就沒有這些物種棲息、生長，因此這些離島物種的來源無疑並非來自屬於大陸性島嶼的臺灣本島，而是淵源自國境之南

圖 4 源自美洲的帝王斑蝶幼蟲取食同樣來自美洲的馬利筋類植物，牠雖然名列臺灣蝴蝶首篇研究論文中，幾十年後卻滅絕殆盡

的熱帶南國，尤其是菲律賓北部的巴丹群島、巴布煙群島及呂宋島等地區。而在這些物種當中，最受人注目的便是珠光裳鳳蝶（圖 6）；由於體型巨大，翅面上又有能隨光線投射角度幻化出各種不同色彩的特殊鱗片，因此被視為是蘭嶼的代表性物種，牠們的形象也常常被放在宣傳物品或圖示上。值得注意的是，珠光裳鳳蝶其實最初是在菲律賓被發現的，牠的種小名 *magellanus* 便是用來紀念在菲律賓遭殺害的大航海家麥哲倫。要不是蘭嶼有這種蝴蝶棲息，珠光裳鳳蝶就會是菲律賓特有種了。

蘭嶼及綠島擁有諸多起源自菲律賓的動植物這一事實讓人懷疑這些離島是否應當和臺灣本島分屬不同地理區？心懷這種疑問的人包括生涯傳奇色彩濃厚的日籍博物學家鹿野忠雄。他收集整理蘭嶼動植物種類資料並與緯度相當的恆春半島進行比較，提出一項有趣的見解，其認為蘭嶼生物相與臺灣本島迥異，因此蘭嶼應當屬於不同的生物地理區。他主張劃分東洋區與澳洲區的生物地理線從菲律賓西側向北延伸時應修正為從臺灣本島與蘭嶼島間穿過，這條修正線被他稱為「新華萊士線（Neo-Wallace Line）」。這項結論在當時可說是十分新穎，也被後人認為是鹿野忠雄的主要學術貢獻之一；然而從今天的眼光來看，鹿野忠雄的想法有些疑義，首先是關於生物地理線定義方面的問題。華萊士最初所劃設以區隔東洋區與澳洲區的生物地理線，穿過了近在咫尺的印尼的峇里島與龍目島（兩島相距約只有三十五公里）；由於此線完美呈現兩島生物相的明顯差異，因此受到後來研究者的重視，而把這條生物地理線稱為「華萊士線（Wallace's Line）」以彰顯他的貢獻，不過這條由華萊士所劃下的生物地理線實際上是

圖 5 蘭嶼的生物相與臺灣本島頗有差別，受到不少關注

圖 6 除了蘭嶼以外，珠光裳鳳蝶只棲息在菲律賓，是鹿野忠雄提出「新華萊士線」的依據之一

從菲律賓東南方穿越的；也就是說，根據華萊士原本的想法，臺灣和菲律賓屬於東洋區。後來有許多研究不同生物類群的學者，根據各自的研究類群分析結果提出不同的修正線（圖 7），而鹿野忠雄提出的「新華萊士線」其實是針對其中之一的赫胥黎線 (Huxley's Line) 或迪克生與梅里線 (Dickerson and Merrill's Line) 所作的延伸修正線，而非華萊士原先劃設的生物地理線。正因為鹿野忠雄提出的「新華萊士線」並非「華萊士線」的直接修訂，國際上現在有些研究者將鹿野忠雄提出的生物地理線改稱為「鹿野線 (Kano's Line)」，讓它比較名符其實而且可突顯鹿野忠雄的貢獻。此外，因為在鹿野忠雄的時代，生物學研究的統計觀念還不成熟，因此鹿野忠雄在進行比較研究時只強調蘭嶼和菲律賓共通的物種，忽略了與臺灣共通的物種。如果把蘭嶼、菲律賓和臺灣放在一起作比較，蘭嶼大部分生物類群和臺灣共通者其實要比和菲律賓共通者來得多，例如蘭嶼擁有八百多種維管束植物，其中約有六百五十種見於臺灣，與菲律賓共通的種類則有五百種，可見臺灣生物相對蘭嶼的影響仍然高於菲律賓。蘭嶼與臺灣本島相距大約六十公里，與菲律賓最近的主島呂宋則相距約三百八十公里，顯然與臺灣空間距離較短；不過在蘭嶼和呂宋島間的巴丹群島其實距臺灣只有大約一百九十公里，總面積也比蘭嶼大得多，而且現今臺灣與相鄰地區的季風吹拂方向主要呈東北-西南向，對菲律賓物種的拓殖到蘭嶼較為有利，近來在蘭嶼新發現的蝶類也多半是源自菲律賓的種類，說明菲律賓生物相的確持續影響著蘭嶼（圖 8）。鹿野忠雄的生物地理分析方式即使有些不夠客觀，但並不會掩蓋他的研究成就，他使我們瞭解蘭嶼是臺灣生物

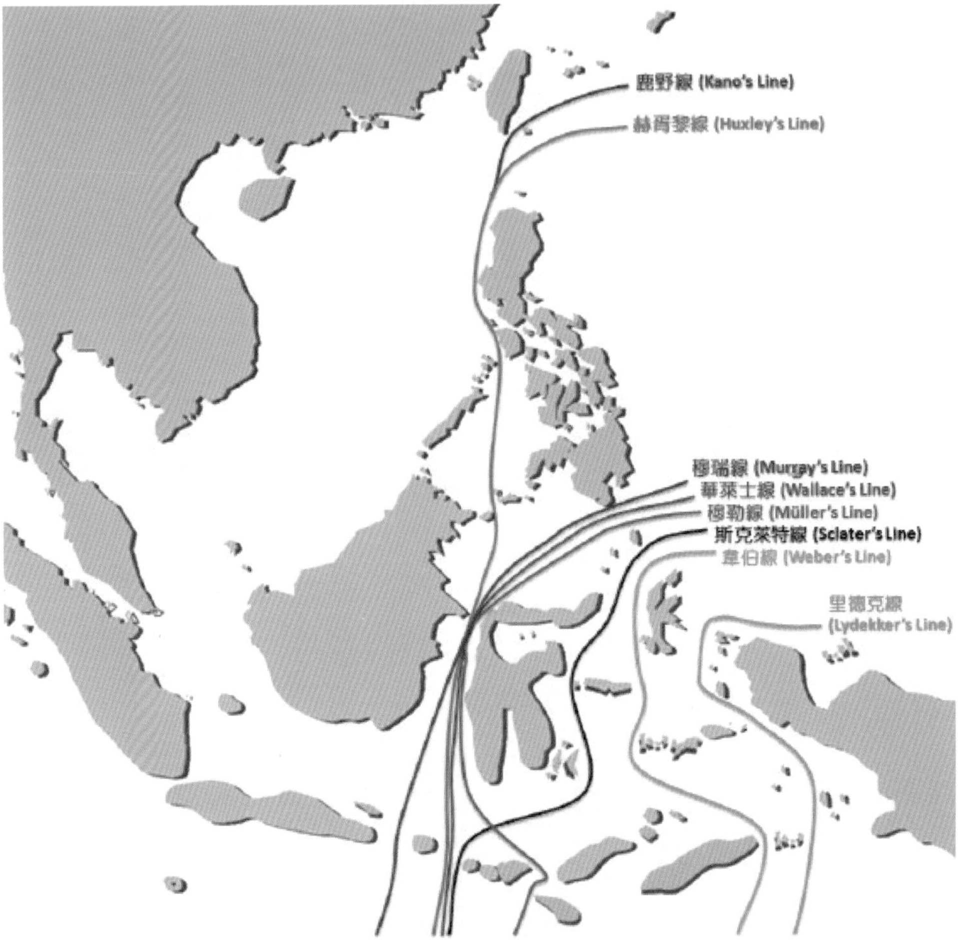

圖 7 分隔東洋區與澳洲區的「華萊士線」及其他生物地理線修正線（圖片來源：梁家源繪製）

相與菲律賓生物相的交會地區，其生物組成具有雙方生物相的特色，只是華萊士如果在天有知，可能會疑惑鹿野忠雄提出的「新華萊士線」和他的生物地理線「華萊士線」的關係在哪裡吧？

圖 8 菲律賓巴丹群島是蘭嶼生物相可能的來源之一

國立臺灣博物館館藏標本：珠光裳鳳蝶

島嶼生命的內化與蛻變

—— 呂光洋

四十多年前，懵懵懂懂的我選了當時國內沒開過的動物行為、生物地理及島嶼生態學這三門課程，再加上一門生物演化，竟然開了我的竅，我開始對自然界神奇之巨觀生命現象有點了解，並且能欣賞及享受形形色色動人的自然現象及問一些自認有意義的問題。從此，我再也沒有後悔走上研究生物這一條路。

達爾及華萊士

我們對於達爾文及華萊士的認識，是他們兩位共同對生物的演化機制及生物多樣化提供了科學上的合理解釋。然而兩人出身的背景卻差異極大。達爾文出身貴族之家（圖1），家境優裕且科學訓練完整，並終生都不必為日常的三餐煩惱。他參與獵犬號的航行，主要可說是為了增廣見聞（圖2）；華萊士並非來自於富裕的家庭，他需要政府的補助才能前往東南亞熱帶地區去調查當地可利用的自然資源，所得到的薪水是家庭重要的經濟來源。

圖 1 離倫敦不遠之達爾文故居 (Down House)(呂光洋 1986)

圖 2 達爾文參加獵犬號航行之薪俸支票（呂光洋攝於 Down House 1986）

巧合的是，達爾文探訪調查的是中南美洲，華萊士則是除了南美洲外還到達了東南亞。雖然倆人探訪調查的區域不盡相同，但卻都是地球上生物多樣性最高及動植物資源最豐富的地方。另外倆人同樣都花了約五年的時間探訪相當廣大的區域，且對日後物種起源之概念及生物多樣性的看法，同樣都是因看到「島嶼」上獨特的生物而受到啟發。因此島嶼上的動植物對於日後科學家對演化生物學的研究和了解扮演了相當重要的角色。

達爾文到達了南美洲厄瓜多爾外海的加拉巴哥群島後（圖3），觀察到雖然這些小島緊鄰，雖然島上的嘲鶇、地雀、巨大的陸龜、蜥蜴及一些植物等（圖4A—D），差異很大，但同類群間仍可看到不少共同的特徵。雖然此行只是短暫的停留和探查，使達爾文無法繼續探討這些物種為何在相似的外型之下卻又有所不同，但這個現象也因此在達爾文的心中留下了一個巨大的問號。

華萊士探訪了印尼及馬來西亞的香料群島，包括有蘇門答臘、爪哇島、峇里島、婆羅洲、沙嶗越；龍目島、蘇拉威西、摩鹿加群島、帝汶島、新幾內亞等等。由於水土不服，華萊士經常是拖著病體探訪上述的島嶼。在比對了一些緊鄰島嶼之調查記錄後，他發現雖然有些島嶼之間的距離相當近，但動植物的種類、甚至包括人種和文化等卻都有著極大的差異，似乎可在地圖上畫上一條明顯的疆界；而在這條界限西邊的動植物相與亞洲東南部較為相似，界限東邊的生物則與澳洲及新幾內亞較為接近。這條線後來就被學者們稱之為「華萊士線（Wallace's Line）」。雖然，後來的學者們根據不

圖 3 加拉巴哥群島地景（楊恩生 攝）

圖 4 (A) 加拉巴哥之嘲鶇 (B) 加拉巴哥之陸龜 (C) 加拉巴哥之吃海藻的蜥蜴 (D) 加拉巴哥之仙人 (楊恩生攝)

同的證據及看法，各自定義出好幾條地理位置細節有所差異的「華萊士線」，但這些學者們基本上都同意在印尼蘇門答臘和新幾內亞這一大範圍之間，存在著一條東西生物相和人文差異皆有明顯區別的界限。而直到更後來的研究才發現，這條線的出現與過去地球歷史地貌之變動有著極密切的關係。有些學者在比對動植物之分布後就將華萊士線延伸到蘭嶼島（圖5），例如鹿野忠雄就有此看法。有趣的是，達爾文是從一個遠洋上的群島，其生物相很單純、很少受到干擾的環境之中悟到了演化的原理；而華萊士則是在一個物種最豐富，組成最複雜的兩塊大陸接觸面、生物往返最頻繁的交流帶上，竟也看到了天擇的理論。我們寧可相信，華萊士在這樣複雜的環境中，整理出這樣清晰的自然選擇演化學說，是更困難、也更有價值的。

島嶼和生物演化

上面提到島嶼在達爾文與華萊士之後對於天擇這一概念的形成有著很重要的地位與影響。所有島嶼共同的特色是處在某種程度的隔離狀態，而近代科學家已了解「隔離作用 (isolation effect)」對新物種的產生扮演著極為重要的角色。任何一生物族群某部份被隔離後，在欠缺「基因交流 (gene flow)」的情況下，被隔離的族群其遺傳結構將逐漸和隣近或原來之族群產生差異，且若是隔離的時間越久，遺傳結構的差異就會越大。

圖 5 蘭嶼島有其獨特的文化（呂光洋 攝）

因此島嶼可說是一個能創造出有利於新種產生的環境，尤其是一些特有種之演化。臺灣島上的動植物大部份是來源自於亞洲大陸，而當臺灣海峽形成之後，被隔離在島上的族群為了適應島嶼地區特殊的生態因子及可能發生「基因漂變(genetic drift)」的關係，故族群之遺傳結構就逐漸發生變化，並與原先族群產生差異。臺灣島上的一些特有種就這樣孕育演化出來，例如帝雉、藍腹鷴、黃山雀、翡翠樹蛙（圖6）、橙腹樹蛙、臺灣擦樹和一葉蘭等，且從這些物種的遺傳分子分析仍可看出其與亞洲大陸相同類群之間的親緣關係。

在加拉巴哥群島上的十三種地雀(ground finch)（圖7）從外部形態及近期遺傳分子結構的比對都顯示牠們共同的祖先來自於中南美洲，其後裔在加拉巴哥群島因島嶼隔離作用，在缺少基因的交流及適應不同棲息環境等原因之下演化出不同的物種；同樣的，生活在沙漠及礁岩上的鬣蜥及不同島上巨大的陸龜等也是因海域的隔離作用及地區適應而演化出的產物。而除了我們多加論述的海洋與島嶼之間的隔離作用之外，陸域上的沙漠、河流、湖泊、不同植被等等也同樣可以產生隔離的效應。

圖 6 臺灣特有種翡翠樹蛙（莊國碩 攝）

圖 7 加拉巴哥群島之一種食種子的地雀（楊恩生 攝）

島嶼的類型

依過去不同地殼變動之原因而形成的島嶼，我們可將其先粗略區分為海洋性島嶼和大陸性島嶼。

海洋性島嶼是指這些島嶼在形成的過程，沒有和任何大陸塊連接過，而這些島嶼發生的原因主要來自於海底火山運作及地底岩漿噴發經冷卻凝固後所形成的島嶼，如夏威夷群島、關島、復活島、斐濟群島和南太平洋中的一些小島，也包括達爾文到訪的加拉巴哥群島。這些島上的生物都是在島嶼形成之後，藉著生物不同的擴散方式，主動或被動擴散遷移至此並定居繁衍。那些擴散能力較強的動物，如昆蟲、蝙蝠及鳥類可依賴自身的飛翔能力到達這些島嶼，植物的孢子或種子及一些小昆蟲則利用隨風飄揚，或藉由宿主攜帶（例如被鳥食入的種子）而作出遠距離的擴散，另外洋流亦可攜帶海岸植物的種子或漂流木至大洋中的小島。而也因為海洋性島嶼的物種來源相當受到這些物種本身的擴散能力，因此這類的島嶼生態系往往欠缺哺乳動物、兩棲類及淡水溪流魚類等擴散能力較有限的動物。臺灣東南外海的蘭嶼亦算是海洋性的火山島，所以島上的動植物都是從鄰近地區擴散分布來的。其有些祖先群來自於南洋，而有些部份則來自臺灣及中國大陸南方。雖然距離臺灣僅約六十公里，然而海域之隔離效應就在蘭嶼孕育出一些特有物種或特有亞種，例如球背象鼻蟲（圖8）、蘭嶼大葉螽蟴、蘭嶼角鴞等。

圖 8 蘭嶼特有之球背象鼻蟲（黃嘉龍 攝）

大陸性島嶼則指這些島嶼曾經是大陸陸塊的一部份，後因地殼的變動，如海平面的升高或陸塊斷裂而形成的島嶼，如馬達加斯加及臺灣島。若從巨觀來看，澳洲亦屬大陸性島嶼。且因為這些島嶼曾都是大陸陸塊的一部份，故島上大部分的動植物都是在尚未與陸塊分離之前就已有分布的，而當然也有些是後來再擴散進來的。也因此若將這些島嶼和上述的海洋性島嶼相比，大陸性島嶼往往不乏哺乳動物、兩棲類及淡水的溪流魚類等。

另外，有些較特殊的島嶼稱作「棲地島 (Habitat Islands)」，或稱為「生態島 (Ecological Islands)」。如在一塊大面積的環境中包含著一小面積不同環境的區塊，這些區塊被周圍完全不同的生態系或環境所包圍，因此在其中的生物就有如在大洋中的島嶼一般，生活在完全被隔離的棲地島中，如沙漠中的綠洲或大片森林中的湖泊，生活在其中的生物和周圍的物種完全不同，臺灣中央山脈南端之小鬼湖（圖 9），就是一個被完全隔離的高山湖泊；此外，高山山頂的草地、苔原或岩漠亦往往被周圍的森林所包圍，如位於臺灣高海拔的南湖圈谷（圖 10）及雪山圈谷，也因其獨特的冰川地形，而有一些獨特的物種被隔離並棲息其中。近期，如都市的森林公園，或是極大面積農墾地中殘留的小山丘或原有的草原，亦屬於一種人造的生態島。

圖 9 為森林所包圍之小鬼湖（呂光洋 攝）

圖 10 南湖圈谷（呂光洋 攝）

雲海中的島

臺灣島雖小，但到處高山聳立，三千公尺以上的高山就有兩百多座！喜愛登山健行的人，在凌晨或雨後的黃昏就很容易在山區觀賞到雲海，而在這如波浪雲湧的霧海中，那些突起的山頭就如豎立在大海中的島嶼，因海拔高度變化，這些雲海上的島嶼（圖 11）在生態環境因子上就和低海拔丘陵有所差異，隔離的效應亦很容易顯現出來。尤其在三千公尺以上的山頂，隔離的效應更是顯著，這就有利於特有生物的演化，或較易看到一些孑遺生物 (relic species) 被保存下來。

這些孑遺的生物在冰河撤退、北移之前，原來都分布在低海拔地區，而後因冰河的消退造成了棲息環境的改變，牠或牠們只好慢慢往高海拔遷移以尋找適合的「避難所」生存其中並成為了孑遺生物。例如棲息地侷限在七家灣溪的櫻花鉤吻鮭和分布在臺灣兩千五百公尺以上稜線附近的五種山椒魚（圖 12）都是冰河消退後的孑遺生物；另外，南湖圈谷中的南湖柳葉菜（圖 13）、合歡山天巒池的豌豆蜆（圖 14）等，這些生物目前棲息地的周圍環境皆是完全不適合牠們生存的，也因此這些物種與其近親完全沒有交流的機會，就有如生活在沙漠中的綠洲一般。相信在本島的高山區，必定還存在著一些長久處於隔離狀態的小生態島、和存活於其中的特殊小生物。

圖 11 雲海上的島嶼（邱亭亭 攝）

圖 12 觀霧山椒魚（呂光洋 攝）

圖 13 南湖柳葉菜（呂光洋 攝）

圖 14 碗豆蜆也是一種孑遺生物（呂光洋 攝）

科學家近期在南美洲厄瓜多爾境內之安地斯山，於海拔兩千公尺以上、終年雲霧瀰漫 (cloud forest) 的山頭森林中發現不少新物種。這雲霧上的島，因其生態情況和低海拔環境差異極大，促使了隔離作用的發生而演化出不少獨特的動植物。

島嶼生物的特色

無論是海洋性島嶼或大陸性島嶼，兩者共同的特點是相較於鄰近的大陸，島嶼的表面積小，可提供的資源較少，因此生物的種類通常相對也較少。一般正常生態系有生產者，草食動物，掠食者和分解者等組成一複雜的食與被食的生態系統，生物彼此之間環環相扣並維持著生態平衡，然而島嶼卻常因面積小，故往往欠缺了食物鏈中某一營養階層的生物，導致生態系呈現出不協調或不平衡的狀態「不協調動物相 (disharmonic fauna)」，亦可算是一脆弱的生態系，因此無法承受小干擾或外來生物的入侵。此外，由於小島上的資源往往無法提供足夠的食物給掠食動物及食物鏈頂層的動物，故島上通常缺少掠食動物；動物處於欠缺被捕食的天擇壓力，又在長期隔離狀態下生活，因此島上生物通常會喪失一些禦敵能力，例如飛翔及逃跑的能力！最有名的例子即是加拉巴哥群島上不會飛的鸕鷀（圖 15）和紐西蘭的奇異鳥（無翼鳥）。這些生物日後遇上入侵的掠食動物時，往往只有滅絕一途，如澳洲這一長期被隔離的大孤島在移民引進貓狗後，造成了不少有袋類動物的絕種。

圖 15 加拉巴哥群島之不會飛的鸕鶿（楊恩生 攝）

關於島嶼的生物另有些有趣的現象。研究動物的學者經比對各島嶼生物，尤其是大陸性的島嶼，他們發現在審視同一類群的哺乳動物，其擴散分布到島嶼的族群或物種，體型常有變小的趨勢。例如分布在蘇門答臘的亞洲虎和亞洲象的體型都較中南半島和亞洲大陸的親戚之體型要來的小。另外在二〇〇三年，科學家在印尼的 Flores 小島挖掘出與智人 (*Homo sapiens*) 極度相似的化石，之後這些人屬 (*Homo*) 化石被命名為 *Homo floresiensis*（俗名被稱為哈比人）。在解剖的構造上，他們和現代智人之構造極為相似，只是成人身高約只有一公尺高。科學家認為這種體型變小的趨勢可能是與小島的資源不足相關。當哈比人的祖先擴散分布到 Flores 後，體型較小的個體得以適應島嶼資源較匱乏的環境，因此天擇的結果導致較矮小的個體得以保存下來。

上段提及的 Flores 島是屬於印尼巽他群島的一個小島，然而其附近的有另一個人跡稀少的小島—科莫多島 (Komodo Islands)，在島上卻棲息著現存世界上最大的蜥蜴——科莫多龍巨蜥 (Komodo Dragon)，其身長可達三至四公尺，體重可達一百五十公斤，體型巨大到可捕食鹿及水牛。在同屬巨蜥科的同類群中，就以牠體型最大。蜥蜴為變溫動物，有科學家就發現有些變溫動物，當其擴散分布到島嶼後，體型反而有變大的趨勢；這可能有利於這些變溫動物去捕獲更多的食物和逃避天敵。當然我們也看到不少例外的情形，而這些現象可能因不同的島嶼其形成的歷史背景、物種組成和食物鏈的結構都不盡相同，故物種的適應和演化方向也會有所差異。

愛滋病毒（HIV）和島嶼

據分子生物學家的分析追蹤，顯示 AIDS 病毒 HIV 的根源為一種感染 Sooty mangabeys（一種舊大陸猴）的免疫缺陷病毒 (SIV)，然後部份黑猩猩在捕食 mangabeys 後感染到 SIV。病毒在這些感染了 SIV 之猴子和猩猩體內毒性可能不強，可藉由猴子與猩猩體內的免疫系統控制，故病狀不嚴重。然而約莫在一九三〇年左右，居住在西非塞內加爾鄰近雨林某村落的居民，因獵殺捕食黑猩猩而感染到 SIV，之後 SIV 在人體經突變及病毒的混合產生了 HIV。理論上，HIV 應被侷限在這被雨林隔離的小社區中，在這個無論是原始森林及村落亦都是隔離狀態的棲息環境，村民鮮少有與外界接觸的機會，因此 HIV 病毒的擴散機會應不高，即便擴散了，速度應該也很慢；然而在二戰後期，城市、貿易及觀光發展，村落居民和外界接觸的機會漸增。原為隔離之森林生態島和村落界限逐漸消失，這些因素都有利於 HIV 的向外擴散分布，加上日後交通工具所帶來的便利性更加速 HIV 的向外擴散。其實不單只論 HIV，歷史上一些赫赫有名的傳染病，如梅毒，其分布至美洲的原因也是因水手間的交流，使原為隔離狀態的南、北美洲不再被隔離於歐洲之外。

一棵樹和單一生物個體也是一個「島」

傳統上我們總是以巨觀的角度來探討生態和演化相關的問題，島嶼生態方面當然也不例外。但若從微觀的角度來看，在我們日常生活的周圍其實隨處可看到被隔離的小環境。對一些微小的生物或行動緩慢的動物來說，不到一公尺距離的小水溝或小田埂，其隔離效應就已經非常有效！有不少的昆蟲可能終生、甚至好幾個世代的子孫都僅侷限在單一的寄主植物或食草上生活，然而在如上述之單一植物或食草等小棲境，其族群數量仍可能相當驚人，甚至於比某些島嶼上的鳥類、哺乳類及兩棲爬蟲等種種動物之個體數量的總合還要來的多！故棲息在這樣一棵樹上的昆蟲族群，在欠缺外來族群之基因交流的情況下，可能就步上了獨立演化的途徑！例如介殼蟲及一些種類的蚜蟲等。

任何單一動物個體（圖16）；包括你我在內，其體內必有形形色色的寄生蟲、細菌及病毒。一些毒性強的寄生生物可能隨著寄主的死亡而滅絕，然而某些毒性不強的生物可能藉著互利共生或片利共生的關係，終生甚至其後無數個世代都在你我的身體內存活著、延續下去。這些寄生的生物不也就像棲息在一座被孤立隔離的島嶼上嗎？因此，那些主導著加拉巴哥群島、澳洲、紐西蘭、夏威夷乃至大洋上各個孤立小島上的生物之天擇及演化的法則，必然也可以應用在你我身體內的寄生蟲、細菌和病毒上！正如上述關於 HIV 病毒的發生與其流行的原因，相信其他如 SARS 病毒、禽流感

H7N9、H7N7……等病毒的出現應該都遵循著類似的原因演化、擴散、最終感染到人類身上！

結論

「島嶼隔離效應」及「隔離疆界 (boundary)」等現象，從古至今對地球上生物的演化及生物多樣性的形成即扮演著相當重要的角色，也因此島嶼生態學的研究，對於保育生物學及演化生物學的了解，可謂是基礎中的基礎，更是上述兩門學科的起始，正如達爾文與華萊士因觀察島嶼生物而初窺了演化論的大門；然而若回顧過去，我們可發現以往眾多科學家在研究島嶼生態學時，都僅聚焦在較大的生物及較大尺度的環境，那同樣生活在隔離的單一棲境，你我身體內的寄生蟲及病毒等微生物是否和我們熟知之島嶼的生物演化完全一樣？而這或許便是另一個值得科學家投入並探討的新領域！

圖 16 單一個體也分別是一座座的獨立島嶼（上圖：山羌 下圖：臺灣獼猴）（呂建富 攝）

華萊士線的餘緒——看不見的第七條線

——廖培鈞、黃生

當熱帶、海洋、河口、紅樹林這幾個字詞串連起來時，我腦海中引發的聯想竟是延綿幾萬公里的紅樹林海堤。海堤保護著大陸、環抱著洲島，浮沉五千萬年；海堤裡的紅樹，也跟著見證了太平洋、印度洋海進、海退的場景和兩岸物種和族群間的分合，用 DNA 密碼記下了兩岸的親緣關係和演化故事。

漂移的方舟

大約在四千五百萬年以前，當時的年代是地質史上新生代的始新世（Eocene）。那時候全球氣候溫暖，亞洲大陸森林密佈。也就在這時候，遠在南半球的岡瓦那大陸發生了分裂，其中有一個大板塊往北方漂移；另一大板塊就漂向南方。

向北方漂移的澳大利亞板塊像一個在汪洋中漂行的巨大方舟，載滿各式各樣的生命前向溫暖的亞熱帶，航行了三千萬年。在這三千萬年間，大方舟上托載的那些岡瓦那大陸上的動、植物原種都保存了下來，並沒有甚麼外來的物種攙進去，除了較溫暖乾旱的氣候影響著它們的適應和演化；同時，在另一塊向南漂移的大陸上，原有的多樣生物就消失在凜寒的南極裡了。

大約在一千五百萬年前，澳大利亞板塊碰觸到了歐亞板塊，兩大板塊的邊緣的交會帶在西里伯斯（即現今之蘇拉威西）附近；這個交會帶附近的海域在一千至一千兩百萬年前（新生代第三紀中新世）、隨之又在二至三百萬年間形成了一連串的火山島。打開地圖，單看馬來亞半島東邊幾個大島——蘇門答臘、爪哇和帝汶島、班達島弧 (Banda Arch) 等的周圍海域，就有上萬個大大小小的火山島。這些火山島，彷彿就是一粒粒特別鋪給生物傳播路徑上的踏腳石，亞洲大陸和澳洲、新幾內亞大陸上的生物就在這些跳島上來來往往。然而這些生物通行的步道還是有分段的，分段點就在今日峇里島與龍目島之間的龍目海峽。這段海峽寬不過十五哩，卻硬是把兩個大陸塊上的生物分隔開。或許因為有著這一隔離，澳洲大陸上的有袋類才保存得那麼好，人類也才有機會看見大袋鼠和袋狼。

這現象為十九世紀的博物學家華萊士 (Alfred Russel Wallace) 首先發現，憑著他敏銳的觀察和仔細的紀錄、比對、分類各島嶼間的生物，提出了一個將馬來群島全區域分隔為東西兩個生物地理區的概念：西邊是印度馬來，屬亞洲區；東邊是澳洲馬來，屬澳洲區，後人稱這條線為華萊士線 (Wallace's line)。

陸地的阻隔

陸地上的生物因為海洋的阻隔而無法向外擴散，因此如亞洲象這樣的巨獸只分布到婆羅洲而到不了澳洲、可愛的無尾熊也只生存在澳洲大陸而到不了亞洲。

然而，長在海岸邊的紅樹林，只要水溫不低於二十度，河口淤泥夠讓胎苗扎根，大陸、島嶼的河口地帶都會有紅樹林的：「僅僅有了三百呎的海底上升，就可以使那些隔離它們的，寬到三百哩，長一千二百哩左右的闊海變成一片廣大的曲谷或平原。」

華萊士在一八六一至一八六二年間，在蘇門答臘和印度馬來群島採集旅遊時寫下了這一段文字。他當時是在蘇門答臘巨港這地方的河口雇船隨著潮水往前航行著；兩岸多是「尼帕濕澤 (Nipa-swamps)」，描述的其實是海椰子樹林「*Nipa fruticans* (Thum.) Wurmb.（一七八一年定的學名）」（圖 1）。

海椰子這種植物早在古新世 (Paleocene)，約五千多萬年前就有了，它的果實化石曾在巴西、非洲、印度、歐洲等地被發現過。在英國下始新世地層中的四百多種化石中，數量最多的便是海椰子，因此可以推斷海椰子當時的分布範圍是歐亞大陸和大西洋兩岸，從英國南部到婆羅洲的海邊。與陸生生物相比，「闊海」不是這個物種傳播上的阻礙，反而是一股助力，沿著海岸一處處的拓殖。當澳洲大陸漂移接近的時候，海椰子也就靠上了澳洲的海岸，也成了澳洲紅樹林的一份子。

和海椰子同類的另一種棕櫚類植物是西谷棕櫚 (*Metroxylon sagu*)，它原產新幾內亞，

圖 1 海椰子 *Nipa fruticans* 是棕櫚科植物，樹幹低矮，生長在河口潮間帶，果實像林投樹的果實，許多河口水上村落就地取材，用紅樹林木材建屋，海椰子葉搭棚。

是岡瓦那大陸上的植物。西谷棕櫚生長在內陸潮濕的谷地裡，樹幹高大，樹髓鬆軟，儲存大量澱粉，它的澱粉就是西谷米的原料。當岡瓦那大陸接觸到歐亞大陸時，西谷棕櫚並沒有擴散到歐亞大陸，是後來經人類引種栽培，才從新幾內亞傳播到東南亞各地。海洋只選擇海漂存活的種子為它散布後代。

這樣的事例非常多，單單棕櫚類，全世界就有兩千七百種，都在熱帶。植物學家們都同意熱帶是物種演化的起源地，東南亞就是是物種的搖籃，同樣地，澳洲大陸是載滿各式生命的方舟，方舟漂進了熱帶，接觸到了物種搖籃，相互交流會產生多少演化和適應的故事，就看我們要怎樣探索了。

跟著海岸進退的紅樹林

紅樹林乃是泛指一群能夠適應鹽度變化的眾多種類植物所組成的群落，有意思的是，全世界紅樹林植物約只七十種，比起同樣屬於分布在熱帶、亞熱帶陸地上雨林內的物種，紅樹林的物種真是少得可憐；而更有趣的是西半球紅樹林的種類與東半球相較之下又更少了，僅有八種，其餘的都分佈在東半球。因此，研究紅樹林的澳洲學者杜克 (Norman Duke) 在一九九二年把世界上的紅樹林分成兩大區，東區是印度西太平洋區 (Indo West Pacific 簡稱 IWP)，包括東非、印度和馬來群島這一大片；西區是東太平

洋地區 (Atlantic East Pacific 簡稱 AEP)，包括廣大的西非海岸、巴西、加勒比海沿岸等。一九九三年，杜克再根據——海茄苳 (*Avicennia spp.*) 的化石分布的記錄，理出海茄苳最早（約三千八百萬年至四千五百萬年前）曾分布到密西西比、田納西等地方的海岸。從這裡可以看出在古新世那個地質年代，海茄苳和海椰子的分布甚至到達了現在的溫帶地區。同時，杜克再依紅樹林物種多樣性和地理分化的格局，在巽他大陸 (Sunda land) 和莎湖大陸之間，華萊士線之東，建議了一條紅樹林的地理分化線——杜克線（圖 2），最後又根據全球紅樹林群落生物多樣性的比較，將全球的紅樹林劃分成六個區系（圖 3）。這些按板塊、物種數量多寡等大尺度的分區與界線的制定是很有意義的，因為將全球紅樹林劃分區系的概念似乎暗示著一個現象，即這些物種的傳播似乎又不如我們所想像的那樣「無遠弗屆」。

就以我們較為熟悉的南中國海這一區域來看：它屬於印度馬來區，包括馬來半島、中南半島和南中國海周邊的島嶼。到了第四紀便新世 (Pleistocene)，地球上有許多地方氣候是又乾又涼的，海平面比起現在下降了一百八十公尺，大陸之間曾形成過斷斷續續的陸橋，生物的遷徙就循著陸橋來來往往。像台灣海峽裡的澎湖海溝動物群就有德氏水牛的化石，也不過是一萬年到四萬年前發生在陸地上的故事。

兩萬一千年前當時正值冰河時期，南中國海這片海域的海平面下降了約一百一十六公尺，露出一大片陸地，稱作巽他大陸。到了一萬兩千多年前，海平面漸升，海岸線漸退，位於巽他大陸上的暹邏灣，當時還只是一個淡水湖；麻六甲海峽則與當時的臺

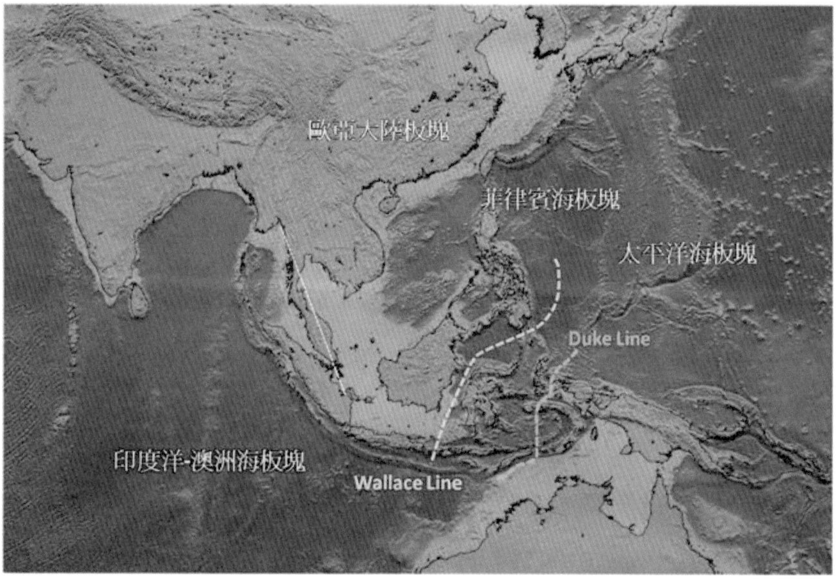

圖 2 華萊士線是一條動物的生物地理分界線，杜克線只適合解釋紅樹林群落生物多樣性的地理分界，馬來半島上的虛線是紅樹林物種的基因分化線。

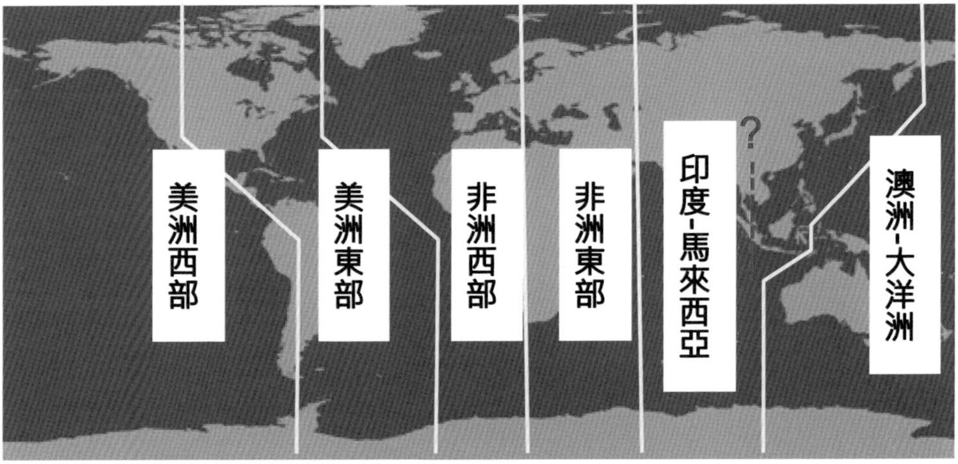

圖 3 根據全球紅樹林群落生物多樣性的比較，杜克將全球的紅樹林劃分成六個區系，問題在印度洋和太平洋之間的馬來半島是不是一條區隔線？

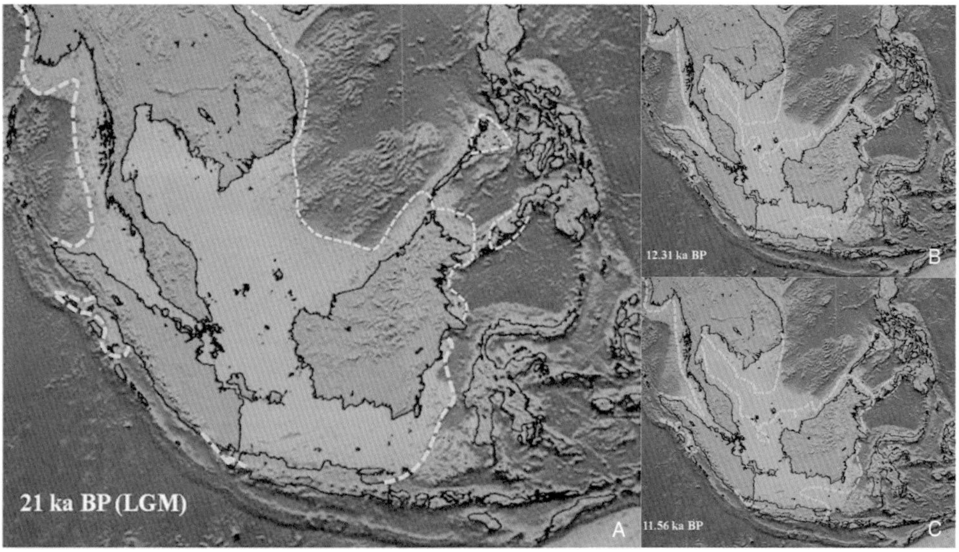

圖 4 大陸棚一般指大陸邊緣的淺海區，巽他大陸棚（Sunda shelf）在兩萬多年前盛冰期是陸地，稱為巽他大陸（A），之後在一萬兩千多年前，海平面上升，海水回淹，淹沒大陸（B），很快地進入暹邏灣而到達馬來半島東岸（C）。（參考 Voris HK（2000）地圖）

灣海峽一樣，還是一片陸地（圖4）。當時生長在巽他大陸的沿岸的紅樹林，乘著上升的海平面進入了南中國海。大海是開放的，胎苗是自由的。於是，紅樹林進入了暹邏灣，隨後又擴張到馬來半島東岸。七十種鹽沼紅樹，一萬年陸海更迭，若從它在全球地理分布的大尺度來看，這樣的擴散速度算是相當快的了。然而，這是最近一次的冰河期的變化，紅樹林植物早在五千萬年前就成功地演化而生存在地球上了，這些順著海流四處播散的胎苗或種子，當然也可能不只一次地遇到過陸地的阻隔，我們能看出來它們這些經歷嗎？

物種都一樣，基因卻不同

想明白這些不同區塊紅樹林之間的傳播過程，就必須綜合氣候的大循環，海陸的大尺度變化一起討論。就像前段提到的海椰子，以前英國南部很多，現在卻都消失了，海茄苳也從美國南部消失了。這都是大陸漂移，氣候變遷造成的。同樣地，我們看看馬來半島，不禁要問，像馬來半島這樣一個分隔太平洋和印度洋的陸地，會不會也是一條地理分界線？如果是，兩邊的物種必然不一樣，如果物種一樣，就不算是地理分界線，那這樣的阻隔又有甚麼意義呢？

華萊士的生物地理分隔線是根據他所研究的不同島嶼之動物種類異同所劃下來的，

杜克劃下的六個隔離帶則是比較紅樹林群落的生物多樣性組裝所建構的。然而，如果我們想知道馬來半島東西兩岸的紅樹林究竟有什麼不一樣，就不能光比較物種相同不相同，哪邊多哪邊少，而必須看得更深入，必須觀察半島兩岸同一物種間基因多樣性的共通性和差異性，也就是要看它們的親緣關係，才有可能得到答案。

於是我們前往馬來西亞，踏上了杜克所未標記的第七個隔離帶。

在第四紀的冰河時期，東南亞的南中國海西南海域是一大片異他大陸，聯結了現今的海南島、中南半島、馬來半島、蘇門答臘、婆羅洲及爪哇等大大小小的島嶼。而藉由海洋聯繫著太平洋與印度洋間族群傳播路徑之紅樹林，亦硬生生地被這這塊相連起來的大陸給中斷了。於是原本在西太平洋沿岸與印度洋東岸同宗共祖的紅樹林，便經歷了一場千年萬載的互不往來。而分布在馬來半島東、西兩岸紅樹林裡的細蕊紅樹(*Ceriops tagal*)（又稱角果木）（圖 5），便以它的遺傳物質 DNA 的變異，記載了這齣演化戲碼上的點點滴滴。

細蕊紅樹是分布在東南亞的諸多紅樹林物種的其中之一，它不像海茄苳一樣分布在河流出海口，而是沿著河口向內陸分布在河流沿岸。根據其葉綠體 DNA 的遺傳組成檢測，我們發現細蕊紅樹在馬來半島東、西兩岸各自攜帶不同的基因型。葉綠體 DNA 是一種母系遺傳的分子；簡單來說，它只會攜帶由母親遺留給後代的遺傳特徵，不帶有父親的遺傳組成。所以若將葉綠體 DNA 作為遺傳標記，便不會偵測到花粉的流動，因此它便成了一個適用於檢測紅樹林植物胎生苗流動的絕佳工具。若細蕊紅樹在馬來

圖 5 華萊士的生物地理分隔線是根據他所研究的不同島嶼之動物種類異同所劃下來的，杜克劃下的六個隔離帶則是比較紅樹林群落的生物多樣性組裝所建構的。然而，如果我們想知道馬來半島東西兩岸的紅樹林究竟有什麼不一樣，就不能光比較物種相同不相同，哪邊多哪邊少，而必須看得更深入，必須觀察半島兩岸同一物種間基因多樣性的共通性和差異性，也就是要看它們的親緣關係，才有可能得到答案。（圖片來源：基因生萬物，行政院農業委員會林務局）

半島東、西兩岸的葉綠體 DNA 遺傳分化程度高，便意謂著雖然馬來半島東、西兩岸的細蕊紅樹是同一物種，但彼此間的胎生苗缺少順暢、有效的交流，親緣關係疏遠。這個簡單的遺傳觀察，便提供了一個「第七條線」的證據（圖５）。

然而，馬來半島東、西兩岸的細蕊紅樹的基因交流是不是完全被這第七條—半島線所阻隔，且滴水不漏呢？

在葉綠體 DNA 的遺傳變異中，有部分的遺傳變異是馬來半島兩岸的族群所共有的，這種共享遺傳變異的可能性有二：一是祖先留下的共同變異 (common ancestral polymorphism)，二是族群隔離後的基因交流。為了檢測這兩種可能性，便非得計算這些遺傳變異發生基因交流的時間不可。

在這些共享的遺傳變異中，我們找到了兩個時間範圍：一是在大約七百零四萬年至兩百三十五萬年前（第三紀）；另一段是在大約四十九萬前至十七萬年前（第四紀）。在大約五百萬年前的第三紀上新世，因為氣候溫暖，海平面曾比今日高出一百公尺，使得馬來半島最狹窄的地區——克拉地峽 (Isthmus of Kra) 被海水淹沒，這便可能促成西太平洋與印度洋東岸的細蕊紅樹得以交流的機會，這個時間點大致吻合七百萬年至兩百五十萬年前這一段時間。而第四季更新世的三十多萬年前至二十萬年前的民德-李斯間冰期 (Mindel-Riss interglacial) 也是個溫暖的時期，但海平面僅上升不到二十公尺，克拉地峽並未變成克拉海峽，沒能提供細蕊紅樹的基因交流通道。儘管如此，馬來半島與西南方的蘇門答臘島之間還是出現了通路——麻六甲海峽，因此胎生苗在強烈的沿岸流的推動下，便有機會通過麻六甲海峽抵達彼岸，長久分離的族裔亦得以見面。

然而在二萬一千年前最後一次的盛冰期（Last Glacial Maximum，簡稱 LGM），海平面又再次下降一百一十六公尺，這是巽他大陸最後一次露出海面，當時的南中國海面積非常小，海岸線長度也比現今的南中國海沿岸短得多，加上寒冷乾燥的氣候，使得紅樹林的棲地面積受到相當程度的壓縮。但末次盛冰期結束後，氣候回暖，巽他大陸逐漸被淹沒，海岸線逐漸深入陸地，到了一萬一千年前，暹羅灣終於打開，海水灌進原來的大湖，海岸線一下子變長，紅樹林的棲地也一下子變多，範圍也變大了。因此在細蕊紅樹的葉綠體 DNA 上，我們也看到自一萬年以來，突然增加了好多新的、稀有的對偶基因（rare alleles），這代表著南中國海的細蕊紅樹族群大小突然增大，於是在大量的個體間產生很多新的突變（遺傳變異），但這些遺傳變異還沒有足夠的時間擴散到整個族群，也還來不及被選汰掉，所以就測出了許多稀有對偶基因。稀有對偶基因的出現頻率高，是一個族群快速擴張的指標，而這現象只發生在南中國海，卻未發生在印度洋海岸，是因為馬來半島西岸的印度洋海岸陡直且深，冰河時期的氣候變化未曾大幅改變海岸線的長度，也因此印度洋東岸的細蕊紅樹族群長久以來都保持著穩定的大小，基因多樣性也十分保守，不像它們在南中國海的親戚，經歷過冰河期劇烈的族群退縮和間冰期快速的族群擴張。因而印度洋的細蕊紅樹在葉綠體 DNA 上也就沒有發現大量的稀有對偶基因了。

在巽他大陸（或馬來半島）的隔離下，儘管位於南中國海與印度洋東岸的細蕊紅樹是同樣的物種，卻有截然不同的演化歷史，也因此，這一條「無形的第七條界線」雖然不像杜克的六條線一樣，是劃分物種組成的差異線，卻是分隔一個物種兩大洋區基因多樣性的分化線，也是親緣關係的分界線。這條無形的線，曾分別在五、六百萬年前和三十多萬年前出現過兩次缺口，也就是基因交流的通道。這是大自然的節奏，氣候的大循環，海陸的大變化，而每一小節都花費了千年、萬年。

紅樹林與氣候變遷

華萊士和達爾文在當代對人類所做出的偉大貢獻，便是讀懂了大自然「與時俱變」的規律，讀懂了「天演之學，肇端于地學之僵石，古獸，故其計數，動逾億年，區區千百年，固不足見其用事也」（嚴復，天演論）。我們談紅樹林，也是說四千五百萬年前的僵石（海椰子種子化石），一千五百萬年前的板塊移動，五百萬年前海平面上升一百多公尺，兩萬年前海平面下降一百多公尺這些昨日與今日之間的變化。

氣候變遷是改變地球風貌最主要的因素，也是推動生物演化最大的力量，它能使大陸浮現，也能讓島嶼沉沒，更會引發戰爭，改變歷史。二〇一二年出版的《氣候創造歷史》一書，把兩千年來小冰川期氣候異常造成的大事條列了幾項，像三國時代（西元二二五年），魏國水師甚至無法在長江中航行，因為長江都結冰了；十四世紀中期又冷又旱，元代改朝；十七世紀小冰川最冷的十年，「餓死的人倒在路邊，人吃人經常可見」，明朝換代，俱是往事。

今天，我們生活在一個高山島上，海平面升高十公尺臺灣還在，只是台北淹滿了海水。其實事態的發展比我們想像的嚴重、還要快，今年 IPCC 將要公布的海平面上升預測值是本世紀內達到十公尺以上。中太平洋的島國吉里巴斯、土瓦魯將被淹沒，他們正向全世界尋求救援，包括海岸栽植紅樹林，以爭取每一分時間，每一分國土。

紅樹林物種很多，的確有些種類有「造陸」的能耐。像海茄苳（圖 6）和海桑樹（圖 7）的耐鹽性既強，根系又發達，可以藉此緊截住泥沙，可以安排在第一線；紅樹類（圖 8）的氣根像大水閘一樣地攔砂定泥；紅茄苳（圖 9）的根像一個個春筍釘在地上，還有像木果楝這樣強抓地、密分支的根系（圖 10），都是穩定土壤使之不易流失的好工具。但這些只能稍擋一擋微幅上升的海水，檔不住一個十公分又一個十公分的海平面上升；不過，海水漲到哪裡，紅樹林也會跟著擴張到哪裡。未來一百年海平面預計會上升十公尺，從陸地上看，紅樹林要向河的上游退縮，可是從海上看，卻是個紅樹林大擴張的時代了。

圖 6 海茄苳（*Avicennia marina*）又稱白骨壤，是分布最廣也是耐鹽性最強的紅樹林組成樹種，根系發達，有很好的固定淤泥的作用。

圖 7　海桑樹 (Sonneratia spp.) 也是熱帶樹種，耐鹽性既強，可以安排為保護國土的在第一線；根系又發達，突出水面，可以藉此緊截住泥沙，很像我們常見的麻竹筍，右上：海桑，右下：杯萼海桑。

圖 8　紅樹 (Rhizophora spp.) 的氣根像大水閘一樣地攔砂定泥，是中太平洋島國造林保陸的重要樹種。

圖 9　紅茄苳（*Bruguiera gymnorrhiza*）因花萼杯狀又呈紅色得名，又稱木欖，胎苗雪茄狀。在熱帶地區是大喬木，高可達 30 公尺以上。膝狀呼吸根有支持作用，也是阻擋河流沖蝕的柵欄。

圖 10　木果楝（*Xylocarpus granatum*）是楝科植物，樹幹挺直而堅硬，是很好的支柱，居住於紅樹林地區的村民多以此木材為支架蓋水上房屋。

後記

一九九六年十一月底，我參加了在泰國舉行的國際紅樹林大會，會後也參與由日本民間團體在旅遊勝地攀亞灣（Phangnga，或稱龐德灣）辦的紅樹林造林大會，見識了生態創意的國民外交的親和、友善、深入和遠見。

我在印度洋安達曼灣的海岸植紅樹，問到這些苗的原生地，主辦人宋翟 (Sonjai) 告訴我來自太平洋岸的素叨府 (Suratthani)，我心裡想「這樣行嗎」？我們就順著這個問題探索答案，和我們一起找遺傳分化線的研究團隊還有廣州中山大學的施蘇華教授和華南植樹所的葛學軍教授，各實驗室找到的結果是一樣的，馬來半島是親源地理上的分化線。紅樹林植物的族群遺傳既已分化了，人類就不該隨意干涉大自然的規律和秩序。

三十年來，東南亞各國都努力的造紅樹林，這反而使得研究生物的親緣地理關係變得更加困難了，因為種苗都被混雜了，所取的樣本竟不知其種源為何處。

THE GRAPHIC, NOVEMBER 15, 1913 889

A PIONEER OF NATURAL SELECTION

THE LATE DR. ALFRED RUSSEL WALLACE, O.M., F.R.S.,

Who achieved immortality as the co-discoverer of the Darwinian theory.

Dr. Alfred Russel Wallace, who passed away on November 7 at the age of ninety, will go down to posterity as a co-discoverer of the theory of Natural Selection, though with an unselfishness well-nigh unique in scientific annals he relinquished his claim in favour of Charles Darwin. It was Sir Joseph Hooker and Sir Charles Lyell who communicated to the Linnean Society, in July, 1858, the two naturalists' first essays on the subject, and in their covering letter they stated that Darwin and Wallace, "having independently and unknown to one another conceived the very same ingenious theory to account for the appearance and perpetuation of varieties and of specific forms on our planet, may both fairly claim the merit of being original thinkers in this important line of inquiry." Portrait by Haines.

（圖片來源：A. R. Wallace Memorial Fund & G.W. Beccaloni）

華萊士——年表

一八二三年　元月八日，出生於英國格溫特郡 (Gwent) 的阿斯克 (Usk)。

一八二六年　因祖母病逝，全家搬至赫特福德，並在此處完成國小學業。

一八三二年　大姊伊莉莎 (Eliza) 病逝。

一八三七年　前往倫敦投靠二哥約翰學藝謀生，目睹社會下階層的不平待遇而引發他對社會正義的訴求。

一八三八年　在大哥威廉處學習土地測量工作，並目睹富豪欺壓佃農之事，對他後來提出的「土地國有」理論有極大的影響；此時他也自修測量學、繪圖法、機械學、數學、建築與設計、農業化學及博物學等學問。

一八四三年　五月父親湯姆士．華萊士去世 (1772-1843)，享年七十二歲；同年華萊士應徵了萊斯特專科學校 (Leicester Collegiate School) 的教職，教授製圖學、繪圖學與測量學。

一八四四年　認識他的博物學啟蒙之師亨利．沃爾特．貝慈 (Henry Walter Bates, 1825-1892)，種下他日後前往海外採集標本的契機。

一八四五年　大哥威廉於尼思 (Neath) 因肺炎病逝 (William, 1809-1845)，得年三十六歲；同年辭去萊斯特專科學校的教職，並接手威廉的測量事業。

一八四八年　四月二十六日，華萊士與貝慈兩人搭乘探險號 (*Mischief*) 大型平底船前往亞馬遜河探險並採集標本；五月二十八日抵達帕拉港 (Para)，在此處首批的收穫包括五百五十三種鱗翅目（包括四百種蝶），四百五十種甲蟲，四百種其他目的昆蟲，總共有一千三百種，共計三千六百三十五份昆蟲標本。標本全運回英國由經紀人史蒂文斯 (Samuel Stevens) 代為出售以賺取旅費。

一八四八年　十月，華萊士與貝慈分開採集，貝茲前往索里穆斯 (Solimoes)，而華萊士則前往尼格羅河上游深入內陸採集。

一八四九年 七月七日，小弟赫伯特自英國搭船到巴西帕拉港，兄弟倆一起在亞馬遜採集生物標本，並於一八五〇年八月三十日準備溯尼格羅河而上進往內陸。

一八四九年 十二月三十日抵達尼格羅河與亞馬遜河的匯流處，接近今日的瑪瑙斯 (Manaus)。華萊士於此處捕捉到亞馬遜傘鳥，且針對亞馬遜傘鳥的觀察發表了論文，並於一八五〇年七月二十三日在倫敦動物學學會宣讀，翌年（一八五一年十一月八日）被刊在《自然史年報與學刊》上。

一八五〇年 十二月二十四，抵達吉阿的諾薩．森奧拉斯 (Nossa Senlora de Guia)，並往北進入塞拉 (Serra) 山區，捕捉到安地斯動冠傘鳥 (*Rucipola peruviorus*)。

一八五二年 二月抵達巴西與委內瑞拉的國界科科伊山 (Serra of Cocoi)，此處為五十年前馮．洪堡的熱帶雨林終點站——聖卡洛斯 (Sao Carlos)。華萊士的探險記錄即將創下前無古人之創舉。

一八五二年 三月，抵達此趟旅行最上游——哥倫比亞的穆庫拉 (Macura)，並計畫順流而下準備返回英國。華萊士於同年七月二日回到帕拉港，卻獲知二十二歲的小弟赫伯特在去年便已死於黃熱病的噩耗。

一八五二年 七月十二日，搭乘海倫號返回英國，卻於八月六日發生船難，損失了此趟旅行大部分的標本、手稿及日記等重要資料。後由喬德森號救起，並於一八五二年十月一日抵達英國。同年出版了兩本著作《亞馬遜地區的棕櫚樹及其用途》(*Palm Trees of the Amazon and their Uses*) 與《亞馬遜與尼格羅河遊記》(*A Narrative of Travels on the Amazon and Rio Negro*)。

一八五四年 華萊士與貝慈同時成為動物學學會的通訊會員，並得到皇家地理學會的經費，贊助他前往馬來群島的資源探勘與採集活動。

一八五六年 十月十日，在西里伯斯（即現今之蘇拉威西）寫信與達爾文討論歧異的原理 (Principle of divergence)。這封信達爾文在一八五七年四月底才收到。

一八五八年　元月八日，抵達德那第 (Ternate) 島，因染瘧疾而無法採集。同年二月於病榻上完成〈德那第文稿〉(The Ternate Essay)，該文稿標題為〈從原物種分離形成之永久變異的趨勢〉(On the Tendency of Varieties to Depart Indefinitely from the Original Type)，並寄給達爾文代為審閱或發表。

一八五八年　六月達爾文收到文稿，再經過與萊爾 (Sir Charles Lyell) 及虎克 (Joseph D. Hooker) 的討論後，決定與華萊士聯名發表，並於一八五八年七月一日在倫敦林奈學會共同發表了演化論，而此時華萊士則仍在新幾內亞捕捉天堂鳥。

一八六二年　二月一日離開馬來群島，四月一日返抵英國。

一八六二年　三月，華萊士當選為英國動物學學會與英國鳥類聯盟的會員。到一八六五年之間，華萊士嘗試以「唯靈論」修正與解釋天擇說，被當時的學界認為是異端學說。

一八六三年　華萊士向倫敦皇家地理學會提交了研究論文〈馬來群島的自然地理〉(On the Physical Geography of the Malay Archpelago, 1863)，並登上了皇家地理學會會刊。文中提出了「華萊士線」的重要概念，引起學界的高度重視，加速了近代「生物地理學」的發展，也因此被後世尊稱為「生物地理學之父」。

一八六四年　發表了〈從「天擇論」演繹人種起源與人類的古老〉(The Origin of Human Race and Antiquity of Man Deduced from the theory of "Natural Selection") 一文。論文試圖用天擇模式，從單源發生說與多源發生說討論人類之起源，這是華萊士首次嘗試將「天擇論」應用到有較高心智與具備道德特質之人類，並將演化論從物質（天擇）作用闡釋生物學層次，提高到用精神作用左右道德層次的新合成。

一八六六年　四月，華萊士與植物學家的女兒安妮．米滕 (Annie Mitten) 結婚，結束了四十多年光桿漂泊的日子。

一八六九年　初春出版《馬來群島自然考察記：紅毛猩猩與天堂鳥的原鄉》，暢述旅遊見聞。此書被譽為「十九世紀最重要的自然寫作」。

一八七〇年　出版《天擇論文集》(*Contributions to the Theory of Natural Selection*)。

一八七六年　出版《動物的地理分布》(*The Geographical Distribution of Animals*)。

一八七八年　出版《熱帶的自然與其他論文》(*Tropical Nature and Other Essays*)。

一八八〇年　出版《島嶼生命》(*Island Life*)。

一八八二年　出版《土地國有化》(*Land Nationalization, 1882*) 與《土地國有化之為何與如何》(*The "Why" and "How" of Land Nationalization*, 1983)，以進一步說明他對土地國有論的主張。此段時間華萊士積極參與各項社會運動，支持「女性有投票權」、「女性有被選舉權」，反對「優生學」、「貧窮」、「軍國主義」、「帝國霸權制度性的懲罰法則」；在經濟理論上建議採用紙幣、標準、遺產、繼承、信託等論述，在當時都是非常前瞻性的思想。

一八八七年　六月五日，華萊士在旅居美國講學時，在舊金山的大都會堂給了一個極為重要的演講：〈如果人死了，他將會活過來嗎？〉(If A Man Die Shall He Live Again?) 該演講為華萊士談論唯靈論最重要的演講。

出版了《達爾文主義》(*Darwinism*) 暢談演化論，此書匯集了他在美國的演講內容，並被認為是華萊士學術生涯最重要的著作。

一九〇四年　出版《人類在宇宙的定位》(*Man's Place in the Universe*)。

一九〇五年　出版《我的一生》(*My Life*)。

一九〇九年　出版《生命的世界》(*The World of Life*)。

一九一三年　出版《民主政權的不義》(*The Revolt of Democracy*) 與《社會環境與道德進步》(*Social Environment and Moral Progress*)，

同年十一月七日，華萊士安詳辭世，葬於布羅德斯通公墓 (Broadstone)。

圖片來源

胡哲明：2-1

黃文樹、林登秋：3-2

鍾國芳：4-1、4-2、4-3、4-4

林大利、郭怡良、丁宗蘇：5-1、5-2(a、b)、5-3、5-4、5-5、5-6、5-7、5-8、5-9、5-10

英國自然史博物館：6-1、6-2、6-3、6-4、6-5、6-6、6-9

余素芳：6-3

呂晟智：6-7

王惟加：6-8

曹美華：6-10、6-12

農試所：6-11

林良恭：7-1、7-2、7-3

杜銘章：8-1(a、b)、8-2、8-3、8-4(a、b)、8-5(a、b)、8-6(a、b)、8-7、8-8、8-9、8-10(a、b、c)、8-11、8-12、8-13、8-14(a、b)、8-15

林思民：9-1、9-3、9-5、9-6、9-7、9-8、9-9

梁彧禎：9-2

汪仁傑、周時平：9-4

王昭均：9-6

林華慶：9-7

林彥博：9-8

徐堉峰：10-1、10-3、10-4、10-5、10-6、10-7、10-8

呂光洋：11-1、11-2、11-5、11-9、11-10、11-12、11-13、11-14、11-16

楊恩生：11-3(a、b、c)、11-4、11-7、11-15

莊國碩：11-6

黃嘉龍：11-8

邱亭亭：11-11

廖培鈞、黃生：12-1、12-2、12-3、12-4、12-5、12-6、12-7、12-8、12-9、12-10

封面圖像：Wellcome Library, London

摺口圖像：A. R. Wallace Memorial Fund & G.W. Beccaloni

華萊士──一個科學與人文的先行者

In Memory of A Giant：The Groundbreaker in Science and Humanities - Alfred Russel Wallace (1823-1913)

總召集人　社團法人亞熱帶生態學學會　黃生、金恆鑣
作　　者　丁宗蘇、呂光洋、李奇峰、杜銘章、林大利、林良恭、金恆鑣、林思民、林登秋、胡哲明、徐堉峰、郭怡良、黃文樹、黃生、廖培鈞、鍾國芳（依姓氏筆畫順序排列）
主　　編　陸聲山
編　　務　向麗容
執行編輯　祁中浩、劉峻鳴、陳昱卉
書籍設計　賴佳韋 cw.lai0719@gmail.com
設計協助　林桂年

發行人　陳濟民
出版委員　陳濟民、洪世芳、李子寧、謝英宗、隗振瑜、顧潔光
　林啟賢、施正家、陳曉玲
出版　國立臺灣博物館
　臺北市 100 中正區襄陽路二號
　TEL : 886-2-2382-2566　FAX : 866-2-2382-2684
　http : //www.ntm.gov.tw/
印刷　新北市維凱創意印刷庇護工場
初版日期　二〇一三年十月
建議售價　350 元
統一編號　1010202312
ISBN　978-986-03-8476-5
展售處　國立臺灣博物館員工消費合作社 10046 臺北市襄陽路二號
　TEL : (02) 2731-1052
　五南文化廣場 40043 臺中市中山路六號 (04) 2226-0330
　國家書店 10485 臺北市松江路 209 號一樓 (02) 2518-0207

國家圖書館出版品預行編目 (CIP) 資料

華萊士 ： 一個科學與人文的先行者 / 金恆鑣
等作──初版──臺北市 ：臺灣博物館 , 2013.10
面；　公分
ISBN 978-986-03-8476-5(平裝)
1. 華萊士 (Wallace, Alfred Russel, 1823-1913)
2. 傳記
3. 演化論